〈멕시코 기행〉

마야를 찾아서

송근원

〈멕시코 기행〉

마야를 찾아서

발 행 | 2020년 3월 17일

저 자 | 송근원

펴낸이 | 한건희

펴낸곳 | 주식회사 부크크

출판사등록 | 2014.07.15.(제2014-16호)

주 소 | 서울특별시 금천구 가산디지털1로 119 SK트윈타워 A동 305호

전 화 | 1670-8316

이메일 | info@bookk.co.kr

ISBN | 979-11-372-0112-5

www.bookk.co.kr

우리가 몰라도 너무나 모르고 있었다.

옛 마야와 잉카 문명, 막연하게 그런 게 있다는 말만 들었을 뿐, 이 문명을 일으킨 사람들에 대해서도, 이들의 문명이 어떤 것인지에 대해서도, 그리고 이들의 역사나 생활에 대해서도 우리는 정말 무지(無知) 그 상태였다.

여기에는 여러 가지 탓이 있겠으나, 학교에서 제대로 배우기만 했어도 그렇게까지 무식하지는 않았을 것이다.

지금은 어떤지 모르겠으나, 쓴이가 중고등학교를 다녔을 때에는 세계사를 배워도 주로 유럽의 문화사 중심으로 배웠다.

동양의 역사는 단지 중국의 왕조 이름 정도만 외웠을 뿐, 가장 가까운 일본의 역사도 전혀 가르치질 않았다. 인도, 버마, 타일랜드, 캄보디아, 베트남, 리오스, 인도네시아 등 동남아의 역사 역시 거의 배우지 못

했다. 하물며, 지금의 중동이나 서남아시아, 아프리카의 역사는 물론 멀리 떨어진 중남미의 역사를 어찌 알았겠는가!

물론 고대 이집트 문명 정도는 언급하고 지나갔으나, 그리고 인도 대륙에서의 아리안 족의 침입 등에 대한 것을 언급은 있었으나, 이것 역시 유럽 문화사를 이야기하기 위한 서론의 일부였을 뿐이다.

이와 같이 편향된 역사 교육은 우리로 하여금 유럽 문화에 대한 선망(羨望)을 부추겼을 뿐이다. 곧, 유럽 문명에 대한 부러움, 그리고 그것은 무의식중에 "유럽 문명이 최고다."라는 인식을 심어주었을 뿐이다.

물론 쓴이의 잘못도 있을 것이다. 그렇지만, 근본적으로 가르치질 않았으니 배우지 못한 게 당연하다.

그저 마야와 잉카에 대한 호기심만 있었을 뿐이다.

2만 년 전인가 3만 년 전인가, 빙하기 때에 아시아에서 알라스카를 거쳐 건너간 민족들이 아메리카 인디언들이라는 것, 그리고 이들이 이루어낸 문명이라는 것, 여기에 유카탄 반도의 피라미드, 마추피추의 산상 도시와 나즈카 평원의 거대한 그림들, 이런 것들에 대한 막연한 호기심이 더해져서 만들어낸 것이 이번 여행이었다.

워낙 멀리 떨어져 있는 곳이라서 엄두를 못 내다가, 연구년을 맞아 버클리 대학에서 1년을 보내게 되었는데, 이것이 이곳을 방문하게 된 기회가 된 것이다.

버클리대학의 사회복지대학원에서는 교수연구실을 개조해야 하기 때문에 9월부터 내년 6월까지 10개월만 연구실을 쓸 수 있고, 7월부터는 연구실을 비워주어야 한다는 연락을 받고 오케이 한 것이 그만 비자를 받는데 그대로 적용되어 미국 체류 비자가 6월말로 끝나버린 것이다,

그냥 12개월 비자를 주었으면 좋았을 터인데, 미국 대사관에서 야박하게 초청장대로 비자 기간을 9월부터 다음 해 6월 말까지로 기입하여 10개월 비자를 준 것이었다

버클리에서 10개월을 보낸 다음, 7월 8월 두 달을 어이할까, 일찍 귀국할까 하다가, 잘 되었다 7월 8월 두 달 동안 시간이 있으니 이 기회에 멕시코와 페루를 여행해야겠다 싶어, 인터넷으로 싼 비행기표를 수배하고, 호텔을 예약하고, 그리고는 클릭 클릭하고 신용카드 번호를 치고, 또 클릭하고 해 놓았으니 빼도 박도 못하고 마야와 잉카로 날아갈 수밖에.

흔히 사람들은 어떻게 그런 곳에 갈 생각을 하였는가? 아니 갈 수 있는가를 묻는다.

이것이 사실 어려운 일이 아니다. 생각은 누구나 할 수 있는 것이고, 인터넷으로 비행기표와 호텔 등등을 찾아보는 것까지는 누구나 할 수 있는 일이다.

그렇지만 생각하고 또 생각하고 이것저것 따지면 아무 일도 못한다. 그냥 카드를 손에 들고 카드 번호를 대고 검지 손가락으로 카드 번호만 클릭하면(돈을 지불해버리면) 되는 것이다, 가능하면 취소가 불가능한 싼 비행기 표를 끊어 놓으면 그냥 가게 되어 있는 것이다.

요 마지막 순간을 견디지 못하면 기회는 영영 날아가 버린다.

우리가 중남미를 방문할 수 있었던 것에 대해서 정말로 하느님께 감사한다. 전혀 후회가 없다. 그만큼 얻은 것이 많기 때문이다.

귀로 듣던 것과 막연한 동경과 호기심은 실제 경험을 하면 전혀 달라진다. 생각이 달라지고 사람이 달라진다. 몰랐던 것을 알게 되면, 우리

의 편협된 사고는 저절로 교정이 되는 것이다. 심지어는 그러한 어마어마한 문명을 일으킨 아메리카 인디언들에 대한 존경심까지 생기는 것이다.

그리고 저들의 생활과 풍습, 언어 등을 통해 저들이 우리와 가까운 민족임을 알게 되니, 저들에 대한 인류애가 저절로 생성되는 것이다. 비록 지금은 저들이 남루하게 살고 있다 하더라도.

그렇지만 못 가 본 사람들로서는 간접적으로라도 이를 경험할 필요가 있다. 제도권 교육이 잘못하고 있다 하더라도, 그것을 탓하기 전에 마야와 잉카에 대해 알고 싶은 분들은 책을 통해서 스스로 알면 되는 것이다.

물론 이 책이 얼마나 이러한 목적에 이바지할지는 모르겠다. 솔직히, 주마간산(走馬看山) 격으로 보고 느끼고 생각한 대로 써 놓은 것이기 때문이다.

더욱이 마야와 잉카를 방문한 것이 2001년 여름이었으니까 여러 가지가 바뀌었을 것이다. 시간은 모든 것을 그대로 두지 않는다.

처음 이것을 기록한 것은 마야와 잉카를 방문하고 난 바로 다음이었지만, 이를 출판할 생각도, 출판할 여유도 없었다.

다만, 홈페이지에 이를 실어 놓았을 뿐이고 그곳을 여행하시는 분들이 가끔 읽고 댓글을 달아놓았을 뿐이다.

세월이 벌써 흐르고 흘러 10여 년이 훌쩍 지나, 이제 인터넷으로 쉽게 출간할 수 있게 되어, 필요하신 분들에게 도움이 되고 싶은 마음에 많은 정보가 바뀌었음에도 불구하고 이 책을 내는 것이다.

이를 감안하고 10여 년 전에 이랬구나를 생각하고 읽어주셨으면 한다.

그렇지만 이들의 문명에 대한 느낌이, 비록 피상적인 느낌일지라도, 읽는 이들에게 조금이라도 전달되었으면 좋겠다.

그리고 이들을 방문할 기회가 있으면, 머리보다는 손가락을 신뢰하고 클릭클릭 했으면 좋겠다. 이때 이 책이 조금이라도 도움이 되었으면 좋겠다.

이 책을 읽는 분들이 마야와 잉카를 한 번 방문하길 빈다.

2001년 12월 처음 씀

마야와 잉카, 이를 책으로 엮어놓으니 크라운판으로 270페이지가 넘는다.

요즘 책을 잘 안 읽는 추세인데, 이렇게 출판하면 책도 무겁고, 또 지루할 것 같기도 하고, 또한 멕시코와 페루를 동시에 방문하는 분들은 그리 많지 않으리라 생각하여, 다시 이를 손질하여 국판으로 〈멕시코 기행: 마야를 찾아서〉와 〈페루 기행: 잉카를 찾아서〉의 두 권으로 나누어 출판하려 한다.

이곳을 여행하시려는 분들이나 이 책들을 통해 잉카와 마야를 이해하시려는 분들에게 도움이 되었으면 좋겠다.

다만 멕시코와 페루 여행은 시간이 꽤 오랜 된 것이라서, 화폐 가치나 세상 물정과 풍물도 많이 달라졌을 것이니, 이런 점 감안하시며 읽어 주시면 고맙겠다.

한편 중남미 여행을 계획하시는 분들에게 도움이 될 수 있도록

2019년에 여행한 도미니카, 콜롬비아, 볼리비아　칠레, 아르핸티나, 브라질 등의 남미 지역과 귀국길에 들른 스페인, 그리스의 여정에 대한 기록을 남겼는데, 이는 〈남미 여행기 1: 도미니카, 콜롬비아, 볼리비아, 칠레: 아름다운 여행〉과 〈남미 여행기 2: 아르헨티나, 칠레: 파타고니아와 이과수〉 및 〈남미 여행기 3: 아르헨티나, 브라질, 스페인, 그리스: 순수와 동심의 세계〉이다.

　　이들을 참조하시어 중남미에 관한 좋은 여행 계획을 짜고 기억에 남는 여행을 하셨으면 좋겠다.

　　　　　　　　2017년 6월 다시 쓰고, 2020년 3월 BOOKK에서 출판함.

　　　　　　　　　　　　　　　　　　　　　　　　　　솔뜰

멕시코시티 / 꼬르도바
(2001.6.31.-7.11)

꼬르도바 성당

타힌 유적지

댄서의 신전

몬테 알반: 천문대

히에르베 엘 아구아 / 미틀라 / 툴레 / 오아하카
(2001.7.24.~7.25)

히에르베 엘 아구아

멕시코시티 시내 / 코요아칸 / 호치말코
(2001.7.26.~7.28)

알라메다 공원

과달루페 / 테오티후아칸
(2001.7.29.)

인디언 춤

멕시코시티 / 차풀테펙
(2001.7.29.~8.2)

마요르 박물관

멕시코시티 / 꼬르도바 편

1. 공항 소동: 차 문이 잠겼다. 이를 어찌할꼬?

2001년 6월 30일(토)

멕시코 행 비행기의 출발 시간이 새벽 6시라서 3시에 일어났다.

샤워를 한 후, 못다 싼 짐을 싸고, 욕실과 방안을 청소하다보니 벌써 4시20분이다.

송이네로 전화하고, 부랴부랴 송이네 집으로 가니 이 교수가 나와 있었다. 우리를 공항에 데려다 주고 차를 렌터카 회사에 반납할 중대한 사명을 띠고서!

오클랜드 공항에 도착한 시간은 5시였다.

트렁크의 문을 열어주고, 자동차 열쇠를 빼고 운전석에서 내리려다, "이 교수가 이 차를 몰고 가야하니까ㅡ." 라는 생각이 들어 열쇠를 도로 꽂아 놓은 후 차에서 내렸다.

짐을 내린 후 차 문을 열고 주내의 핸드백을 꺼내려 했는데, 자동차 문이 잠겨 있는 것이다.

문을 잠그지 않고 닫으면 보통 안 잠기는데, 아마도 트렁크 문을 열 때, 팔꿈치가 문 잠그는 곳을 건드린 모양이다.

주내는 발을 동동 구르고, 시간은 흐르고ㅡ.

공항의 경비원인가에게 도움을 청했더니 와 보고는 "알아보겠다."고 가더니 감감 무소식이다.

어차피 여권과 비행기 표는 내가 가지고 있으니 출국 수속을 밟으면서 기다리는 수밖에 없다.

이 교수는 트리플 에이(AAA)에 전화를 하러 가고, 주내는 차 옆에서 짐을 지키며 도와 줄 사람을 기다리고, 나는 출국 수속을 하기로 역할 분담이 이루어졌다.

출국 수속을 하기 위해 아메리카 웨스트 창구 앞에서 줄을 섰다. 벌써 줄이 20미터는 늘어서 있다.

비행기 표에는 출국 2시간 전에 나오라고 되어 있으나, 엊그제 아메리카 웨스트로 전화를 해 비행 스케줄과 비행기 표 예약을 재확인했고, 그 동안의 관행으로 볼 때, 1시간 전에 나왔으니 늦은 것은 아닌데 마음은 급하고 조바심이 난다.

더욱이 차 문을 열어야 하는데……

속으로 기도하는 수밖에 없었다.

출국 수속을 끝내고 차로 가 보니 시간은 5시 반이 넘었는데 주내와 이 교수가 서 있다.

마침 렌터카 회사인 허츠(Herz)가 눈에 뜨인다.

이 교수는 차 문을 열 수 있는지 알아보러 그 곳으로 가고, 나와 주내는 하릴없이 트리플 에이 차가 오기만 기다리고 있었다.

조금 기다리다보니 렌터카 회사로 간 이교수가 오지 않는다.

궁금하여 그곳으로 갔더니 이 교수는 그곳에서 줄을 서서 기다리고 있다.

시간은 없는데, 어쩔 도리가 없지 않은가!

다시 주내 쪽이 궁금하여 나와 보니 상황은 변동이 없다.

주내는 저 앞에 노란 견인차(towing car)가 있으니 가서 도움을 청해 보겠다고 한다.

1. 공항소동: 차 문이 잠겼다. 이를 어찌할꼬?

주내가 견인차에 가서 도움을 청했더니 흔쾌히 'OK' 하면서 왔는데, 알고 보니 그 차가 바로 이 교수가 전화로 부른 트리플 에이 차였다.

그 사람은 우리가 자기를 찾기를 태평스럽게 기다리고 있었다 한다.

이 교수 얘기로는 우리 차 번호와 색깔과 위치를 이야기해 줬다는데 서로 찾아오기만 기다리고 있었으니…….

차 문을 열자 우리는 고맙다는 말을 남기고 10번 게이트로 뛰었다.

벌써 시간은 5시 50분이다.

그렇지만 비행기에 타고 나서도 한참 있다가 비행기가 이륙했다.

"서두르면 일 생긴다." "급할수록 돌아가라."라는 것을 모르는 것은 아니지만, 아무리 침착하게 행동해도 문제는 발생한다.

이럴 때 우리가 할 수 있는 일이란 최선을 다하는 것뿐이다. 물론 하느님께 드리는 기도도 포함해서…….

이런 때 하는 기도처럼 정말 마음으로부터 우러나오는 기도가 있을까!

시간이 없을수록 마음은 조급하며 어쩔 줄 모르지만 결국 이루어지는 것은 시간이 흐른 후이다.

멕시코에서 제일 큰 산, 오리자바 봉: 멕시코시티에서도 보인다.

멕시코시티 / 꼬르도바

때가 되면 천국의 문은 열리는 것을—.

조마조마하며 마음을 태워서 될 일이 아니건만, 역시 그 때가 될 때까지는 발을 동동 구르는 것이 우리 인간 아닌가.

최선을 다 한 후 모든 일을 하느님께 맡겨 놓고 기다리면 하느님이 우리의 기도를 들어주신다는 것을 여러 번 경험하면서도, 아직도 느긋하지 못함은 분명 믿음이 약한 징조일 것이다.

이번 일만 보더라도 결국 때가 되니 우리가 원하는 대로 이루어지지 않는가!

1. 공항소동: 차 문이 잠겼다. 이를 어찌할꼬?

2. 환전 고생: 입국 신고 한 번 잘했네!

2001년 6월 30일(토)

멕시코시티에 도착한 것은 퓌닉스를 떠난 지 3시간 정도 지나서였다. 시계를 보니 12시 반쯤 되었는데, 캘리포니아 시간과는 두 시간의 시차가 있기 때문에 이 곳 시간으로는 2시 반쯤 된 것이다.

시계를 고쳐 놓고 짐을 찾아 입국 수속을 한다.

공항에서 짐을 들고 나와 택시 표를 끊는 곳을 찾았다.

어떤 사람이 택시 탈 거냐고 묻는데, 마치 호객 행위를 하는 것 같아 믿을 수 없어 하니까 가슴에서 신분증을 보여 준다.

그 사람을 따라 택시 표 끊는 곳에 가서 프랭크와 안나가 보내준 쪽지대로 따포(Tapo) 버스 터미널까지 가는 택시 표를 끊었다.

64페소라고 하여 달러로는 얼마냐니까 한참 생각하더니 8달러란다.

택시를 타고 버스터미널로 가면서 택시 기사에게 페소와 달러와의 환전 비율을 물으니 1달러가 9페소 정도 한다고 한다.

이 말대로라면 택시 표 끊는 곳에서 1페소 손해 보며 7달러 받을 수는 없어 8달러를 받은 것으로 생각한다.

그렇지만 잔돈은 거슬러 줘야 하는데······.

에이 뭐, 안 줘도 되는 팁, 그냥 준 셈 치면 죄지 뭐.

참고로 멕시코에서는 식사 후 10-15% 정도 팁을 주면 되지만, 택시 기사에게는 팁을 주지 않는 것이 보통이라고 한다.

따포 버스 터미널에 도착하여 택시에서 내려 지하도를 따라 터미널로 들어갔다.

버스 터미널은 원형으로 되어 있는데 원형을 중심으로 바깥쪽에는 버스들이 드나들고, 안쪽에는 빙 둘러서 버스 회사들의 표를 파는 창구와 대합실이 있다.

상당히 합리적으로 설계되어 있다고 느꼈다.

프랭크와 안나가 전해 준 쪽지를 가지고 아도(Ado) 버스 회사를 찾아보니 금방 눈에 띈다.

여러 개의 표 파는 창구가 있는데 줄 서 있는 사람 중에 한 사람을 붙잡고, 꼬르도바(Cordoba)나 뽀르틴(Fortin) 가는 버스표를 어디에서 사느냐고 물어 보았더니 영어를 못 알아듣는다.

한참만에 가리키는 곳을 보니 안내 창구였다.

안내 창구에서 물어보니 역시 영어를 잘 모른다.

쪽지를 보여 주며 물어보니 대합실 건너편의 뿌에블라(Puebla)라고 쓴 곳을 가리키며 그곳에서 판다고 한다.

그곳으로 가서 또 줄을 서서 기다리다가 차례가 되어 표를 달라고 하자, 역시 영어가 잘 안 통하는데……. 한참만에 눈치 챈 후 하는 말이 꼬르도바 가는 표는 자기들이 안 팔고 저 쪽 편이라고 한다.

보니 조금 전의 안내 창구 옆의 5번 창구였다.

할 수 없이 5번 창구에서 한참을 기다리다가 꼬르도바 표 두 장을 달라고 하니까 322페소를 내란다.

달러로 얼마냐니까 못 알아듣는다.

달러를 보여주며 물어보니, 달러는 안 받고 페소만 받는단다.

인터넷에서는 달러도 받는다 했는데?

할 수 없이 "그러면 어디에서 바꾸냐?"고 물어보았다.

2. 환전 고생: 입국신고 한 번 잘 했네!

왼 손에 달러를 들고 오른 손으로 달러를 가리키며, 입으로는 "페소, 페소"를 외치면서 한참만에 알아낸 결론은 은행에 가야한다는 것이었다.

그것도 창구 직원이 "방크, 방크"하는 말에서 눈치로 알아낸 것이다.

방크가 어딘가를 물어보아야 알아듣질 못하니 영어를 잘하는 사람을 찾아 물어 보아야겠다 싶어 일단 창구에서 나와 이 사람 저 사람 관상을 보기 시작했다.

옳거니! 저기 저 아가씨는 영어를 할 것 같구나 싶어 스튜어디스처럼 깔끔한 유니폼을 입고 어떤 회사 사무실의 안내소에 서 있는 아가씨에게로 갔다.

결과는? 역시 영어가 안 통한다는 것이었다.

결국 양 손과 입을 동원하여 내가 환전소를 찾는다는 것은 알려줬는데, 이젠 내가 그 아가씨의 말을 알아들을 수가 없으니…….

계속 손으로 건너편을 가리키며 "뚠넬, 뚠넬"하는데, 무슨 말인지 알 수가 없다.

종이와 볼펜을 꺼내 '방크' 가는 길을 그려 달라고 했더니 터널을 그린다. 버스 터미널과 연결된 지하도를 말하는 것이다.

이곳이 버스 터미널이고 번화가이니까 지하도를 나가면 은행이 있겠다 싶어 고맙다는 말을 남기고 지하도로 내려갔다.

지하도를 벗어날 때쯤 되어 누굴 붙들고 물어볼까 둘러보다 보니, 지하도 한 쪽 편에 교탁 같은 것을 놓고 그 앞에 스무 살쯤 되어 보이는 순경(경비원인지도 모른다)이 서 있다.

물어보니 역시 영어를 모른다.

다시 왼 손에 달러를 들고 오른 손으로 가리키며, '페소, 페소'하니까

멕시코시티 / 꼬르도바

알아듣는다. 얼른 종이를 꺼내 약도를 그려 달라고 하니까 약도를 두 개 그려 주는데 하나는 터미널 안이고 하나는 바깥이다.

어디가 더 가까운 곳인가 손짓 발짓으로 물으니 아마도 거리가 비슷하다고 하는 것 같다.

어차피 버스를 타야 하니까 거리가 비슷하면 터미널 안이 더 가까운 곳이라 판단하고, 약도에 그려준 대로 갔다.

약도가 정확하지는 않았지만 다행히 글자로 써 준 간판을 찾을 수가 있었다.

줄을 서 있다가 차례가 되어 돈을 바꾸어 달라니까, 자기들은 환전하는 곳이 아니라며 건너편을 가리키며 "파마시아스, 파마시아스" 한다.

도대체 무슨 말인지도 모르겠고 어디로 가야 되는 지도 정확하지 않았다.

나중에 알았지만 이 말은 Farmacias라 쓰며 약국을 뜻하는 말이었으니 분명 건너 편 약국으로 가보라는 말이었으리라.

말은 모르겠고, 아무래도 터미널 바깥쪽의 은행을 찾아가야겠다 싶어 다시 지하도를 걸어 나왔는데 약도를 그려준 순경이 보고서 뭐라 뭐라 하며 웃는다.

아마도 돈을 바꾸었느냐고 묻는 것 같기에 두 팔로 크게 X자를 그려 보이면서 고개를 가로 저었다.

그러자 동료 순경인 듯, 유니폼을 착용한 다른 순경에게 자기 자리를 맡기면서 뭐라 뭐라 한참 묻더니 나보고 따라 오란다.

터미널 밖으로 나가기에 은행에 데려다 주나 보다 했더니, 조금 가서 다른 지하도를 통해 다시 버스 터미널로 들어가는 것이었다.

2. 환전 고생: 입국신고 한 번 잘 했네!

그러더니 어떤 가게--나중에 알았지만 그 가게 이름이 파마시아스였다.--로 들어가 뭐라 뭐라 하더니 나에게 8.5를 적어주면서 8.5페소라고 한다.

1달러에 8.5페소니 바꾸겠느냐는 것이라 생각하여 "OK, OK"하면서 80달러를 내놓았다.

가게 주인은 계산기로 두드리고 나서 680페소를 주었다.

나는 연신 "땡큐, 땡큐" 하면서 고마움을 표시하며 그 순경에게 손을 흔들어 주고 버스표 창구로 왔다.

다시 줄을 서서 한참을 기다린 후에 표를 살 수 있었다.

누군가의 여행기에서 "영어는 비행기 표 끊을 때와 호텔 방 얻을 때 사용할 수 있을 정도면 된다."는 말과 함께, "오히려 영어를 모르는 것이 낫다."는 말이 생각난다.

또, 다른 여행기에서 "이 세계에서 가장 많은 사람들이 쓰는 말은 영어가 아니고 스페인어이며 그 다음이 중국어이다. 그러므로 세계 여행을 하려면 스페인어와 중국어를 배우는 것이 더 편리하다."라는 말을 읽은 것 같기도 하다.

내 기억이 맞는다면 그런 대로 이런 말들이 실감난다.

이곳에서는 내가 보기에 99%가 영어를 못한다.

영어가 무용지물이며, 그보다는 가장 원초적인 언어, 곧, 그림으로 표시하거나, 손짓 발짓 등 몸짓 언어가 그야말로 인류 공통의 언어라는 것을 깨닫는 데에는 그다지 많은 시간이 걸리지 않았다.

또한 처음 만난 멕시코 사람들은 친절하고 착하고 순박한 사람들이었다.

멕시코시티 / 꼬르도바

얼굴도 한국인과 비슷한 사람들도 많고 대부분 성격이 낙천적이다.

비록 잘못된 정보를 주어 몸 고생은 하였으나, 그들이 우리를 일부러 골려 주려고 그런 것은 아니고 친절히 대해 주다 보니 그렇게 된 것임을 느낄 수 있었다.

표를 사서 보니 5시 30분 차였다.

만약 공항에서 환전을 해왔으면 택시 표를 살 때 잔돈 손실도 없었을 것이고, 꼬르도바(Cordoba)로 떠나는 버스도 4시 이전에 탔을 것이다.

단지 멕시코에서는 달러가 현지 화폐인 페소와 함께 쓰인다는 인터넷 정보만 믿고 있다가 맘 고생, 몸 고생 등, 입국 신고를 톡톡히 치른 것이리라.

인터넷에 따르면, 신용카드는 큰 호텔과 백화점 등에서만 사용할 수 있고, 미국 은행이 발행하는 여행자 수표는 잘 받지 않으니까 가능하면 현금을 가지고 가는 것이 좋다 한다.

밀림과 오리자바 봉

2. 환전 고생: 입국신고 한 번 잘 했네!

그렇지만 현금도 달러 자체로 쓰는 것보다는 그곳에서 쓸 돈을 요량하여 어느 정도는 현지 화폐로 바꾸는 것이 좋다는 것을 이곳에 와서야 알았다.

그러니 여행할 때, 인터넷이 편리하긴 하지만 너무 맹신하지는 말지어다!

또한 미리 적당한 호텔을 인터넷에서 골라 미리 예약을 하고 2-3일씩 그곳에 묵은 적이 있었으나, 그보다 더 싸고 시설이 좋은 호텔도 있다는 것은 현지에서만 알 수 있다.

그러니, 처음 여행이라 불안하여 인터넷으로 숙소를 예약하더라도, 하루만 예약하고 그 다음 날 숙박은 현지에서 알아보는 것이 좋다.

곧, 여행할 때에는 인터넷에 너무 의존하지 말고, 인터넷을 슬기롭게 쓰는 법을 미리 터득해야 한다.

한편 프랭크와 안나에게 전화를 해 주어야겠기에 전화카드를 샀으나 어떻게 전화를 해야 하는지를 알 수 없었다.

다른 사람이 종이에 적힌 번호를 보고 전화를 대신 해 주었으나 역시 불통이었다.

돈만 올라가고 통화는 안 되기에 전화 걸기를 단념하고 주내에게 돌아갔다.

주내는 옷 가방 둘과 디지털 캠코더, 내 노트북 컴퓨터, 그리고 화장품과 세면도구가 든 비닐 백 및 핸드백을 지키고 있었는데, 어떤 젊은 멕시코 인이 와서 주의를 주더란다.

노트북 컴퓨터에 눈독 들이는 사람이 많으니 컴퓨터 가방 줄을 손으로 꼭 잡고 있어야 한다고 하더라는 것이다.

멕시코시티 / 꼬르도바

미국에서 떠나기 전에도, 많은 사람들이 멕시코에는 도둑이 많으니 주의해야 한다고 말해 주어서, 그렇지 않아도 불안했을 텐데……

그래도 그렇게 일러주는 착한 사람들이 있으니 감사할 일이다.

5시쯤 되어 버스를 타러 출구로 나가니 많은 사람들이 줄지어서 짐 수색을 받는 것이었다.

우리 차례가 되어 옷 가방을 열고 자크를 열려고 하니까, 저 쪽을 가리키며 뭐라 뭐라 하는데 무슨 말인지 알아들을 수가 없었다.

나중에 눈치로 알아차린 것은 짐을 수하물로 부치라는 이야기였다.

멕시코에서는 시외버스를 탈 때 짐을 따로 부치고, 간단한 가방만 검색대 위에서 검색한 후 가지고 탄다.

짐을 들고 가서 짐을 부친 후 돌아와서 버스를 탔다.

드디어 버스는 출발하였으나, 배는 출출해지고 바깥 경치는 별로 볼 것이 없고, 몸은 고단하여 졸리기 시작했다.

다만 버스를 타고 가면서 인상에 남은 것은 톨게이트마다 군인들이 총을 들고 서 있는 풍경이었다.

버스 탈 때 짐을 수색하는 것이나 군인들이 총을 들고 톨게이트마다 서있는 것이 이곳의 불안한 치안 상태 때문이 아닐까라는 생각이 든다.

꼬르도바까지 가는 데 걸린 시간은 프랑크와 안나의 쪽지에 따르면 3시간이라고 되어 있으나 꼬박 4시간 반이 걸렸다.

처음 3시간은 날이 밝아 바깥을 볼 수 있었으나 8시가 지나서부터는 컴컴해지기 시작하여 바깥이 잘 안 보인다.

그렇지만 버스가 몇 개의 턴넬을 계속해서 지나가고, 저 멀리 아래에 는 도시의 불빛들이 비치는 것으로 보아 버스가 높은 산 위를 넘어가고

2. 환전 고생: 입국신고 한 번 잘 했네!

있음을 알 수 있었다.

꼬르도바에 도착한 것은 밤 11시가 넘어서였다.

전화기로 달려가 전화를 하니 프랭크가 받고서는 20분 정도 기다리면 차를 가지고 나오겠단다.

20분 후 프랭크의 차를 타고 그의 집에 도착하여 방갈로에 짐을 푸니 살 것만 같다.

3. 꼬르도바: 천국이 따로 없네!

2001년 7월 1일(일)

푹 자고, 아침에 일어나 바깥을 보니, 눈 앞 가까이에는 온갖 여러 가지 꽃들이 피어 있는 정원이 보이고, 멀리는 정글로 우거진 숲이 보이며 그 너머로 구름에 가린 높은 산들이 보인다.

이곳 꼬르도바는 해발 1,000미터에 위치한 고원지대로서 2,000-3,000 미터 이상 되는 산들로 둘러 싸여 있으며, 기후는 늘 봄 기후라고 한다.

요즈음은 우기라서 하루에 한 번씩 스콜이 내리고, 계곡에는 열대 식물들이 정글을 이루고 있다.

꼬르도바 시 성당

실제로 프랭크가 사는 집의 현관 앞에 있는 의자에 앉아 있으니 시원하니 날씨도 좋고 정원의 경치가 매우 좋다.

꼬르도바 시는 1618년에 건설되었는데, 17세기부터 설탕에 대한 수요의 증가와 지역적 여건 때문에 이 도시는 사탕수수의 중심지가 되었으며, 아프리카 흑인들이 노예 생활을 하며 경작하였다 한다.

그 이후 현재까지 350년 동안 설탕의 생산과 무역이 이 지역의 경제적 기반이 되고 있다.

인구는 20만 정도이며, 사탕수수 이외에도 20세기 들어서서는 이 지역에서 생산되는 커피 역시 유명하다.

그래서 그런지 밀림을 이루고 있는 숲 속 이곳저곳에 커피나무가 많이 눈에 뜨인다.

가까이 가면 커피 알맹이가 커피나무의 가지에 매달려 있는 것을 볼 수 있는데 조금은 징그럽게 느껴진다.

프랭크는 루이지아나(Louisiana) 태생으로 미국 국적을 가지고 있고 61살이며, 안나는 폴란드(Poland) 태생으로서 멕시코 국적을 가지고 있고 47살이라고 한다.

이들 부부는 둘 다 텍 드 몬터리(Tec De Monterry)의 대학교수이며, 프랭크는 인류학을 안나는 영어를 가르친다.

텍 드 몬터리(Tec De Monterry)는 몬터리 공과대학으로 번역할 수 있는데 이 대학은 몬터리에 본교가 있고 26개의 분교가 있다고 한다.

우리가 머무르는 프랭크의 집은 꼬르도바에 있는 분교 옆에 있다.

이들은 처음에는 대학교수 동료로서 사귀다가 14년 전에 결혼했다는데, 각각 전 아내와 전 남편 사이의 소생인 딸들을 둘씩 가지고 있다고 한다.

현재 프랭크의 큰딸은 32살인데 미국에서 영화배우로 살고 있고, 둘째 딸은 30살로서 결혼해서 미국에서 산다고 한다.

안나의 두 딸은 20살과 18살인데, 20살 먹은 딸은 시집가서 돌이 채 안 된 아기가 있고, 막내딸은 이들과 함께 거주하면서 대학에 다닌다고 한다.

프랭크는 인류학 이외에도 목수 일에 취미를 가지고 있어 현재 사는 집과 방갈로(Bungalow) 한 채와 샬레(Chalet) 한 채를 지어 미국식 민박(Bed and Breakfast)을 하면서 방세를 받는다.

참고로 미국식 민박은 한국의 민박과 비슷하지만, 빵과 과일로 이루

우리가 머문 곳: 붉은 지붕의 샬레

3. 꼬르도바: 천국이 따로 없네!

어진 간단한 아침 식
사를 제공한다.

인터넷을 통해 방
갈로를 20일 얻어 쓰
기로 했으나, 오늘 샬
레(Chalet)를 보니 그
곳이 더 넓고 샤워 시
설이 나은 것 같아 옮
기기로 했다. 다만 부
엌이 없는 것이 흠이
지만 프랭크가 전기
곤로를 가져다주기로
하고.

제발로스 아케이드

오전에 프랭크가
와서 우리를 시장에 데려다주겠다 한다.

은행에 가서 환전도 해야 하고, 먹을 것도 좀 사야 하는데, 이렇게
호의를 베풀어주니 고맙다.

안나는 애기 난 딸집에 갔다는데 오늘 저녁 때 온다고 한다.

셋이 꼬르도바 시내에 나가 장을 보고, 5,000페소(약 550달러 정도)
를 카드를 이용해 찾았다.

국민은행에서 얼마가 빠져나갔는지는 우리나라 돈과 멕시코 돈과의
환율을 모르기 때문에 정확히는 잘 모르지만 대충 75만 원 정도 아닐까
생각된다.

꼬르도바 시내는 역시 시 중심에 공원이 있고 공원 양 옆으로 성당과 정부 건물이 있으며, 다른 양 옆으로는 음식점과 은행 등 상가 건물이 있다.

정부 건물은 시 궁전(Municipal Palace)을 말하는데, 1905년에 스페인 왕가 소유의 땅에 짓기 시작한 것으로서, 비록 명백한 아트 누보 라인(Art Nouveau Lines: 새로운 기법)이 우리의 시선을 끌긴 하지만 투스칸-플로렌타인(Tuscan-Florentine) 건축 양식을 보여 주고 있다.

처음 보는 멕시코(스페인) 풍의 노란 색 성당은 아름다웠으며, 음식점 등이 늘어서 있는, 바깥 부분이 아치로 이루어져 있는 플라자 역시 아름다웠다.

이 플라자는 제발로스 아케이드(Zevallos Arcade)라 불리는 유명한 건물인데, 17세기 말에 지은 것으로서 첫 주인의 이름을 따서 건물 이름이 붙여졌다.

그 후 호텔로 사용되다가 현재는 식당과 카페 등이 들어서 있으며, 꼬르도바 시민들의 사교 생활의 중심이 되어 있는 건물이다.

이 건물이 유명한 것은 건물 자체가 아름다워 건축물로서의 가치가 매우 높을 뿐만 아니라, 바로 이곳에서 스페인 왕국으로부터 멕시코의 독립을 보장받은 꼬르도바 조약서에 서명이 이루어진 곳이기 때문이다.

따라서 이 건물은 현재 멕시코의 국립 기념물로 지정되어 있다.

우리는 프랭크에게 점심을 대접하기로 하고 같이 음식점에 들어갔으나 역시 문제는 영어가 안 통하는 것이었다.

프랭크가 몇 가지 음식을 메뉴를 보며 설명한다.

그 가운데 세 가지 음식, 곧, 아즈텍 인디언의 이름을 딴 아즈텍

(Aztec) 스프와 스파게티, 그리고 또 다른 하나는 이름을 까먹었는데 팥처럼 으깬 콩과 푸실푸실한 쌀밥과 바나나 튀김으로 되어 있는 음식을 시켰다.

맛을 보니 전부 다 비위 상하지 않고 먹을 만했다.

점심을 먹은 후 시장에 가서 저녁 때 해 먹을 식품들을 사는데, 사자니 쌀 이외에도 반찬을 하기 위한 양념 등 이것저것 살 것이 많다.

그렇지만, 해 먹는 시설도 그렇고, 원래 사 먹을 작정을 하긴 했으나 그것도 마땅치 않으니…….

일단, 프랭크의 호의가 고마워 저녁 때 안나가 오면 같이 먹을 수 있도록 불고기를 준비하기 위해 고기와 마늘, 간장, 파를 샀다.

그러나 아무리 찾아도 참기름은 없어 살 수가 없었다.

어찌되었든 집에 와서 불고기를 재고, 조개탄(charcoal)으로 불을 피우고, 그것을 굽고, 사 온 브랜디로 술잔을 나누며 저녁을 먹었는데, 역시 불고기의 맛 좋음은 이들의 찬사를 받았다.

이들은 계속 '맛있다'는 말을 연발하며 손으로 고기를 집어넣는다.

불고기의 맛있음은 세계인의 입맛에 공통이라는 점을 새삼 다시 느낀다.

4. 고속도로에 개구멍이?

2001년 7월 2일(월)

오늘 아침에는 프랭크가 푸에블라(Puebla)에 일이 있어 간다고 하면서, 푸에블라 근교의 촐룰라(Cholula)에 있는 세계에서 제일 큰 피라미드를 보지 않겠느냐고 제안해 왔다.

우리를 피라미드 있는 곳에 내려다 주면, 우리는 관광을 하다가 2시에서 3시 사이에 프랭크의 의붓딸 집으로 전화를 하기로 했다.

푸에블라는 인디언 말로 사람 또는 도시를 의미한다고 하는데, 인구가 200만 명으로 멕시코에서 5번째 큰 도시라고 한다.

8시에 출발하여 오리자바(Orizaba) 시를 거쳐 가는데, 멕시코에서 제일 큰 산인 오리자바 봉우리(5,747미터)가 저 멀리 보인다.

이 봉우리는 사시사철 늘 흰 눈 속에 쌓여 있으며 보통은 구름 속에 잠겨 있지만 운이 좋으면 볼 수 있다.

오리자바 시는 나후아틀(Nahuatle) 말로 아하우알리자판(ahauializapan)이란 말에서 나왔는데, '행복의 물속에(in the water of happiness)'라는 의미를 띠고 있다고 한다.

이 말이 의미하듯 이 도시는 샘과 못(lagoon) 등이 발달한 곳이고, 부근에는 이른 바 물살이 500단계를 떨어져 내려오는 코끼리 폭포(엘레환테 폭포: Elefante Waterfall)가 유명하다.

멕시코는 물이 땅으로 스며드는 지역이 많아 강과 못이 발달하지 못하였음을 상기할 때, 이 지역이 '행복의 물'이라는 별명을 가질 만하다.

고속도로로 조금 달리다가 프랭크가 하는 말이 멕시코 고속도로 사용료가 너무 높아 지방도로로 갈 거라고 한다.

지방도로로 가면 약 15분 정도 더 걸리는데, 도로가 별로 좋지 않고 고속도로보다 좀 더 가파른 산길을 올라가야 한단다.

어차피 우리야 관광하는 처지인지라 시간에 구애받지 않고 좀 더 많은 것을 볼 수 있으리라 생각하여 그러자고 했다.

눈 덮인 오리자바 산: 멕시코에서 제일 높은 산

평균 임금이 시간당 50센트이고, 하루 평균 최저 임금이 5달러인데, 고속도로 요금은 오리자바에서 푸에블라까지 약 2시간 거리에 87페소, 그러니까 약 10달러 가까이 된다는 것이다.

그래서 그런지 고속도로는 비교적 한가하다.

따라서 고속도로 옆에 있는 밭을 통해 들어가는 진입로를 만들어 놓고 그곳으로 들어가 고속도로로 달리다가, 톨게이트 못 미쳐서 다시 그런 곳으로 나오는 사람들이 많단다.

물론 이런 불법 진입로는 아는 사람만 이용할 수 있는데, 자주 다니는 사람들은 대부분 다 알고 있단다.

불법 진입로를 이용할 때에는 우선 순경이 있는지를 잘 살펴보아야 한다는데, 만약 순경에게 걸렸더라도 뇌물로 20페소 내지 30페소를 주면 된다고 한다.

이때 순경이 더 달라고 하면, 경찰서에 가서 벌금을 내겠다고 말하면 대충 그 선에서 협상이 된다는데, 정말로 연행하려 하면 다시 10페소나 20페소를 더 주겠다고 흥정하면 된단다.

멕시코에서는 부정부패가 만연되어 있어 그것이 생활 속에서 자연스럽게 일상화되어 있다며 웃는다.

푸에블라로 가는 길에 프랭크는 부정부패에 관하여 또 다른 예를 든다.

프랭크가 이번에 푸에블라에 가는 이유는 얼마 전 판 별장에 대한 세금 문제 때문이라는데, 정상적으로는 세금이 200달러가 나온다 한다.

그렇지만 공증인 사무실(Notary Office)에 가면 하나도 안 낼 수 있기에 서류를 가져다주러 가는 길이라는 것이다.

그러니 정상적으로 세금을 내는 사람만 바보가 될 수밖에 없다는 것이다.

지방도로로 나와 달리면서 본 바깥의 풍경은 우리나라의 순박하고 평화로운 시골 풍경과 다름이 없었다.

병아리를 데리고 종종 걸음을 치는 어미 닭과, 어슬렁거리거나 그늘 밑에 누워 낮잠을 자는 개들, 5-60년대에 볼 수 있었던 우리 농촌의 한가로운, 평화로움이 물씬 풍겨나는 그런 풍경이었다.

4. 고속도로에 개구멍이?

다만 집들이 너무 낡아 있어 가난한 티가 나는 것이 안쓰러웠지만, 사람들은 모두 가난에 익숙해서인지 전혀 불편한 기색이 없이 태평스럽다.

어느 새 평지를 벗어나 산길을 거슬러 올라가는데 정말로 가파르기 이를 데 없다.

산이 높기도 하려니와 길은 좁고 여기 저기 아스팔트가 패어 있는데 용케도 속력도 안 죽이면서 그것을 잘 피해 달리는 것이다. 한국식 곡예운전은 저리 가라다.

그렇지만 내려다보이는 경치는 매우 좋다.

정말 높이 올라가는구나 싶다.

아슬아슬 가슴 조리며 오른 손으로 손잡이를 꽉 쥐면서 달리다 보니 산꼭대기에 이르고 이제는 내려가는 길이다.

내려가는 길에서도 속력을 줄이지 않는다.

어쩌려고?

여하튼 무사히 푸에블라에 왔다.

촐룰라의 피라미드를 보고 나서 프랭크를 다시 만나 되돌아오는 길은 간 길을 그대로 밟아 되돌아오는 길인데 역시 마찬가지로 속도를 낸다.

돌아오면서 불법 진입로를 나올 때 그곳으로 진입하려는 차량을 만났는데, 서로 손을 흔들고 환하게 웃는다.

불법임을 알건만 전혀 죄책감이나 잘못은 느끼지 않는 것이다.

한편으로는 재미있기도 하고, 이것이 인간적인 삶 아닌가 하는 착각도 든다.

멕시코시티 / 꼬르도바

한편, 차를 타고 다니면서 느낀 것은 평지에서도 미국에서와는 달리 차가 사람 조심을 하는 것이 아니라 사람들이 차 조심을 한다는 것이다.

사람이 서 있건 길을 건너건 그냥 속력도 죽이지 않고 달리는 경우가 허다하다.

그리고 일반적으로 도로가 매우 좁다.

두 차가 서로 비켜 가기에도 좁은 길들을 서로 부딪치지 않고 잘도 피하면서 달린다. 얼굴에는 늘 평화로운 웃음을 띠면서 말이다.

그런데도 멕시코에서의 교통 사고율은 미국보다 높지 않다고 한다.

서로 조심하기 때문이라는데……,

믿어지지 않는다.

4. 고속도로에 개구멍이?

5. 촐룰라: 세계에서 제일 큰 피라미드

2001년 7월 2일(월)

촐룰라의 피라미드는 '촐룰라의 위대한 피라미드(The Great Pyramid of Cholula)'라고 불리는데 세계에서 제일 크다고 한다.

높이는 54미터로 제일 큰 높이는 아니지만, 좌 우 밑변의 길이가 각각 380미터와 439미터로서 그 볼륨이 제일 크다는 것이다.

촐룰라 인디언들이 약 100여 년에 걸쳐 지었으며, AD 8세기에 완성되었는데, 대부분은 흙으로 덮여 있어 그냥 야산처럼 보인다.

더욱이 1518년 스페인의 침공 이후 그 꼭대기에 천주교 성당을 지어 마치 산위에 성당이 있는 것처럼 보인다.

이 피라미드는 촐룰라 인디언의 신전이라고 하는데, 그 위에 성당을 지

피라미드 위의 성당

출룰라 피라미드 모형

었으니 침략자(정복자)들의 오만함과 패배자의 슬픔과 굴욕을 엿볼 수 있다.

피라미드 입구에 내려, 일인당 30페소를 주고 입장권을 샀다.

피라미드 관광은 입장권 파는 곳에 있는 굴을 통해 피라미드 내부로 들어가서 반대편으로 나와 옆면의 돌계단 등으로 이루어진 피라미드의 일부분을 구경하는 코스이다.

피라미드 내부로 들어가기 이전에 길 건너편의 박물관부터 본다.

박물관 입장료는 피라미드 입장료에 포함되어 있다.

만약 캠코더를 사용하게 되면 30페소를 따로 내야 한다.

길을 건너 박물관부터 찾았다.

박물관은 작고 초라하긴 하나, 정원에는 많은 꽃들이 피어 있고, 내

5. 출룰라: 세계에서 제일 큰 피라미드

부에는 피라미드에서 나온 여러 가지 물건들과 피라미드 모형이 있다.

박물관을 나와 피라미드 내부로 들어가기 전에 화장실을 들리는 것이 좋을 것 같아 관리인에게 화장실을 물었더니 못 알아듣는다.

주내를 돌려세워 놓고 아래를 가리키며, '쉬'하니 배꼽이 빠질 듯이 웃으면서 가르쳐 준다.

스페인어로 싸니타리우스(Sanitarius)인데, 이를 몰랐으니 몸짓 언어로 의사소통을 할 수밖에.

그러나 이 또한 여행의 진기한 경험이고 재미인 것을!

피라미드 내부로 들어가는데, 안내인을 부리면 두 사람에게 60페소 받는단다.

안내인을 사양하고 굴로 들어가니 사람 하나가 다 닐만한 통로가 있는데, 옆으로 또 다른 통로들이 있고, 어떤 것은 아래로, 어떤 것은 위로 통하도록 만들어 놓았다.

피라미드 위의 성당

만약 이런 통로들을 막아 놓지 않았다면 그 곳에 갇혀 버릴 것이다.

그러나 통로 이외에는 별다른 것을 볼 수는 없었다.

반대편으로 나와 산을 거슬러 올라가다 보니 성당의 부속 건물인 듯한 원형 천장을 가진 건물이 있고, 안에는 십자가와 성화, 그리고 제단이 있는 것으로 볼 때 기도하는 곳인 모양이다.

계단을 따라 올라가 성당 밑에 다다르니 밑을 내려다보니 눈 아래로는 돌로 된 피라미드의 일부분이 돌출되어 나와 있는 것이 보이고, 그 뒤로 촐룰라 시가 보인다.

머리 위로는 성당이 있고, 현재 서 있는 곳은 피라미드의 꼭대기 근처이겠지만, 그냥 식물들이 우거진 그냥 야산으로 밖에 안 보인다.

피라미드 일부: 옆 부분

5. 촐룰라: 세계에서 제일 큰 피라미드

다시 그곳에서 내려와 그 일부가 지상에 나와 있는 피라미드로 가니 돌과 흙 벽돌로 만든 제단과 계단 등이 보인다.

무덤

또 그 앞으로는 네모꼴의 무덤이 발굴되어 있는데, 그 안에 해골이 보인다.

비가 안 와 기우제를 지낼 때 6-7세 된 아이들을 희생양

피라미드의 위 부분을 덮고 있는 풀과 나무

으로 제사지냈다는 설명이 붙어 있다.

바깥으로 나오니, 골목에는 인디언들이 여러 가지 기념품을 놓고서 관광객의 호기심을 자극하고 있다.

피라미드 유리 모형을 하나 산 후, 촐룰라 시로 향하다가 식당이 있

어 들어갔다. 비교적 깨끗하고 기념품을 함께 파는 곳이다.

여 주인이 영어를 하기에 다행이다 싶어 메뉴 판의 이곳저곳을 가리키며, 물어본 끝에 주내는 과일 샐러드(Fruitas de Salada)를 시키고 나는 소고기로 된 밀레노자(Milenosa)와 물 대신 맥주 한 병을 시켰다.

밀레노자는 빵 사이에 튀긴 소고기와 익혀서 반죽한 콩과 아보카도를 넣은 것으로서 따뜻한 게 먹을 만했다.

과일 샐러드는 여러 가지 과일들을 깎아서 썰어 놓은 것인데 역시 먹을 만했다.

밀레노자에는 소고기 이외에도 닭고기나 돼지고기를 쓰기도 한다.

들어가는 고기들은 엷게 저민 것을 밀가루 옷을 입혀 기름에 튀긴 것으로서 마치 돈까스 같다.

가격은 15페소를 준 것으로 기억된다. 과일 샐러드는 36페소이고.

배부르게 먹은 후 그곳을 나와 촐룰라 시로 들어섰다.

집들은 대부분 초라하기가 1960년대에 우리나라에서 볼 수 있던 집들과 비슷하다. 가난한 티가 거리마다 배어 있다.

약 500미터 정도 걸으니 넓은 네모꼴의 공원이 있고, 공원 주위에는 역시 성당과 관청 그리고 상가가 형성되어 있다.

공원의 그늘에 앉아 쉬다가 시장을 구경하였다.

시장에는 농산물과 정육점들, 옷가게, 먹을 것 파는 곳 등이 혼재해 있는데 제법 넓고 소란스러운 것이 꼭 동대문시장 같다

나오다가 어떤 할머니가 앉아서 내미는, 길이가 약 25센티 정도, 두께가 약 3센티 정도 되는 콩을 보고 그것을 샀다.

콩이 하도 크기에 신기하기도 하려니와 할머니가 딱해서 사 준 것인

5. 촐룰라: 세계에서 제일 큰 피라미드

촐룰라 시내 성당

데, 집에 와 삶아서 까보니 알맹이는 강낭콩보다도 작았고 약간 아린 맛
에 별로 맛도 없었다.

시장 구경을 한 후, 공원의 나무 그늘에 앉아 쉬다 보니, 공원의 스
피커에서는 60년대에 나왔던 노래들 예컨대, 예스터데이 등이 자연스럽
게 흘러나온다.

옆에 앉은 멕시칸이 말을 걸어오기에 이야기를 하다 보니 조금 있으
면 소나기가 쏟아질 거라면서 가방에서 우비를 꺼내 입는다. 4시에 비가
와서 5시에 끝난다고 한다.

4시에 프랭크를 만나 차를 타고 돌아오는 길에 정말로 비가 엄청나
게 쏟아지기 시작했다, 딱 1시간 동안.

멕시코시티 / 꼬르도바

　프랭크가 "여기 푸에블라 사람들은 비가 오면 시계를 4시에 맞춘다."
고 농담을 한다.

　꼬르도바에서는 비가 언제 올지 모르는데, 즉 불규칙하게 내리는데,
이곳은 비교적 비가 일정하게 온다면서 "비도 조직화되어 있다."
(organized rain)고 하며 웃는다.

5. 촐룰라: 세계에서 제일 큰 피라미드

6. 꼬르도바의 꽃들

2001년 7월 3일(화)

아침에 일찍 일어난다. 새벽마다 새 소리가 너무 시끄러워 늦잠을 잘 수가 없다.

동이 터오를 때 쯤 되면 왜 그렇게 새들이 우짖는지 그 이유를 모르겠다.

낮에는 새 우는 소리가 별로 들리지 않는 것을 보면 이상하다.

혹 새들이 새벽에만 조잘대는 이유를 아시는 분은 알려주기 바란다. 그것이 알고 싶다.

이곳에는 정글이 우거져 있다.

새들도 많지만, 꽃들도 많이 피어 있고, 풀벌레들도 많고, 나비들도 많다. 여러 가지 종류의 열대 식물들이 무성하고 신기한 꽃들도 많다.

나무에 붙어서, 또는 전선에 붙어서 공중에 매달려 더부살이하는 난초들(?)도 있다.

더부살이 꽃

34

예쁜 꽃

그래도 전선엔 이상이 없다고 한다. 일러 하늘 식물(air plant)이라 한단다. 공기 중에서 습기와 양분을 취하며 꽃을 피운다.

꽃은 예쁘지만 나무의 가지나 전선에 매달려 있는 모습이 조금은 보기 흉하다.

여기에서 본 꽃들 중 제일 이쁜 꽃은 덩굴식물에서 피는 꽃인데, 9개의 빨간 꽃잎이 갈라져 있고, 수술이 다섯 개, 암술이 세 개이며, 수술과 암술을 둘러싸고 하얀 색깔의 꽃받침들이 나 있는 꽃이다.

그렇지만 자세히 보면 예쁜 만큼 벌레들이 많이 꼬인다는 것을 알 수 있다. 진딧물 같은 벌레들이 많이 붙어 있다.

사람 사는 세상도 그렇다.

잘 난 사람 옆에는 늘 사람들이 꼬인다. 그 사람을 존경해서 그러는 것이 아니다. 그 사람을 뜯어먹으려고 모여드는 것이다. 무엇인가 떡고물이라도 얻어먹으려고 그 주변을 둘러싼다.

6. 꼬르도바의 꽃들

그러다가 떡고물이라도 제 차례가 오지 않으면, 헐뜯기 시작한다. 진딧물 같은 사람들이다.

이런 말을 하면 분개하는 사람들도 있기 마련이다.

그래서 이런 사람들을 좋게 말하려 한다. 하늘 식물(air plant)이라 부르는 난초 같은 분들이라고 하면 좀 나으려나?

대개 이런 부류의 사람들은 정치하는 사람들 속에서 많이 발견할 수 있다.

그래서 정치가 불신을 받는 것이다.

리더는 사람을 잘 가려 써야 하는데, 공중에 매달린 더부살이 난초 같은 분들이 둘러싸서 눈과 귀를 막고 있으니, 고고한 난초 같은 분들을 찾아내기란 진짜 어려운 일이다.

한편, 어떤 꽃들은 꽃잎만 있고 암술 수술이 없다.

마치 무궁화처럼 생겼는데 노란 색깔이 너무 예뻐 가까이 가 보았더니, 암술 수술이 전혀 없다.

순간 징그러운 생각이 든다.

그런데 우리 방 옆에 피어 있는, 이

없꽃

없꽃

없꽃

꽃

멕시코시티 / 꼬르도바

플라스틱 꽃?

나리꽃

나리꽃

6. 꼬르도바의 꽃들

와는 전혀 다른 종류의 조그마한 하얀 꽃도, 그리고 분홍 꽃도 암술 수술이 없다.

아마도 암술 수술 없는 꽃들도 여러 종류인 모양이다.

식물학 상으로는 어떤 명칭인지 모르겠으나, 나는 그냥 '없꽃'이라 부른다.

또한 어떤 꽃들은 플라스틱으로 만든 것 같아 마음이 안 간다.

그러나 햇빛에 반사될 때는 그 색깔이 너무 진하여 아름답다.

그렇지만 여러 가지 꽃 중에서 나리꽃만큼은 언제 보아도 예쁘다.

꽃과 벌레와 우거진 밀림과 그 속에 고즈넉이 자리 잡은 집들과, 저 멀리 도시를 둘러싸고 있는 우뚝 솟은 산들과 모든 것이 한 편의 평화로운 풍경화이다.

주내는 이런 곳에서 아무런 일도 안 하고, 그냥 뒹굴뒹굴하는 것이 너무 좋다고 한다.

다만 먹을 것을 구하러 가려면 도시로 나가야 하는데 프랭크의 도움을 받아야 하는 것이 불편기는 하지만……

마치 산사에 틀어박혀 있는 것 같다.

7. 정글 탐험: 칼데라의 종유석

2001년 7월 7일(화)

오늘은 아침 8시 반에 프랭크와 안나가 정글로 우리를 안내하기로 한 날이다.

차를 타고 고속도로로 약 5분 정도 간 다음 지방도로로 약 10분 가니 비포장도로가 나온다.

어딘지도 모르면서 비포장도로를 터덜거리면서 달려 나가는데 좌우에는 멕시코 사람들이 사는 조금은 누추한 집들이 보인다.

비록 집은 낡았어도 워낙 꽃이 많은 지역이라서 그런지 집집마다 꽃이 많다.

꽃을 좋아하는 사람의 심성이 나쁠 리 없을 것이다.

개도 많이 눈에 띄고, 닭도 있다.

모든 것이 평화로움 그 자체이다.

개도 이곳 사람들을 닮았는지 자동차가 다가와도 그저 느릿느릿 움직일 뿐이다. 어떤 놈은 엎드린 채 눈을 지그시 감고 꼼짝을 안 한다.

차가 물론 옆으로 비켜 갈 수 있으니까 그러는 것인지-.

그것을 알고 그런다면 놈은 보통 도통한 놈이 아닐 게다.

조금 더 가니 좌우에 사탕수수 밭이 전개된다.

키는 1미터 정도 되는데 마치 흔히 볼 수 있는 잡초 같다. 11월에 수확한다는데, 그 때는 물론 훨씬 더 자라겠지만-.

가끔 커피나무도 보이고, 바나나도 보이고, 그레이프 푸류트와 라임나무도 보인다.

멕시코시티 / 꼬르도바

사탕수수 밭

이리 저리 자갈길을 가다가 산 밑으로 향하는 도로로 들어섰다. 마치 여름 방학 때 할아버지 산소에 가는 길처럼 자동차 지나가는 자국만 조금 흙이 보일 뿐, 가운데와 좌우로는 50센티가 넘는 풀이 무성하다.

산 밑에 차를 세운 다음 앞을 보니 정말로 밀림이다.

나무와 풀이 빽빽하게 들어서 있고 그 사이로 오솔길이 있다.

오솔길을 따라 프랭크가 긴 칼을 들고 앞장서고, 그 뒤에 안나, 주내, 그리고 내가 뒤를 따랐다.

안나는 주내에게 계속 식물들을 설명해 준다. 잎사귀를 따서 냄새를 맡아보라고 하기도 하고, 아름다운 꽃대를 꺾어 손에 쥐기도 하면서 그 것을 설명해 준다.

약 30분쯤 걸었을까, 앞장 선 프랭크가 여기가 '입구'라고 말한다.

바위 사이로 들어서는데, 양쪽으로 나무가 무성하고 공중에 매달린 난초들과 타잔이 타고 놀던 긴 밧줄 같은 덩굴들이 축축 늘어져 있는데, 밑으로는 까마득한 절벽이다.

아니 우리의 왼쪽 위를 보아도 절벽이다.

7. 정글 탐험: 칼데라의 종유석

그러니 우리가 서 있는 곳은 절벽의 중간 부분으로서 길이 나 있는 곳인 셈이다.

알고 보니 이곳이 분화구로 들어서는 입구인 것이다.

안나가 칼데라라고 일러 준다.

칼데라 안은 직경이 1킬로미터 정도인데, 역시 나무와 풀들이 빽빽하게 들어서 있어 밑은 보이지 않는다.

다만, 미끄러지면 저 멀리 아래로 추락할 것만큼은 틀림없는 사실이다.

그러니 한 번 미끄러지면서 확인해볼 생각일랑은 아예 하덜 마시길!

분화구의 절벽 가운데에 나 있는 길을 따라 풀, 나무들을 헤치며 분화구를 한 바퀴 도는 데 걸리는 시간은 한 시간 반 남짓 걸린단다.

올라가는 길이 아니라서 힘은 들지 않으나 가끔 이끼가 끼어 있는 돌들이 많아서 미끄러지지 않게 조심해야 한다.

가는 길의 앞, 뒤, 위, 오른쪽, 아래에는 이름 모를 풀과 나무, 덩굴, 그리고 그들이 피우는 처음 보는 꽃들이 많이 있다.

왼쪽은 석

밀림

회암으로 된 절벽이지만 절벽 위에서 늘어뜨린 밧줄처럼 질긴 덩굴이 늘어져 있거나, 나무에 더부살이하는 난초류 같은 것들이 공중에 달려 있다.

또한 석회로 이루어진 절벽에는 가끔 조그만 굴들이 보이고, 종유석이 매달려 있다.

이곳에 매달린 종유석이 썩 아름다운 것은 아니지만, 그런 대로 신기하기도 하고, 그것들이 수 만 년 내지 수십 만 년에 걸쳐 그만큼 커졌을 것을 생각하니 인생 육십(지금은 팔십, 아니 백이라고 할까)은 별거 아닌 것 같기도 하다.

그러나 물이 흐르며 녹인 석회 성분이 떨어져 위에 붙은 종유석과 대응하여 밑에 생긴 종유석들은 많이 훼손되어 있어 한편으로는 수 만 년이나 수십 만 년의 세월이 한 순간에 덧없이 지워졌을 것임을 짐작할

나무와 칼데라 종유석

7. 정글 탐험: 칼데라의 종유석

칼데라 종유석

수 있다.

　지나가는 길손들이 의도적으로 그런 것은 아니었을 테고 아무런 생각 없이 그것들을 부셨을 것이다.

　수만 년의 세월도, 수십만 년의 세월도 결국 그렇게 형성되었다가 그렇게 가는 것이다.

　그리고 앞으로 수만 년, 수십만 년 또 그런 과정을 되풀이할 것이다.

　하물며 인생 백이라고 해봐야, 역시 그렇게 형성되었다 그렇게 가는 것 아닐까?

　모든 것은 그저 그렇게 존재하는 것이다.

　그래서 그것들은 허상인 것이다.

8. 코스코의 장날: 권태로움은 사치이다.

2001년 7월 9일(월)

오늘은 코스코(Cosco)라는 도시에 장이 서는 날이다.

매주 월요일에 장이 선다는데, 프랭크가 코스코에 가서 직경 2미터 정도의 텔레비전 안테나를 설치해 주어야 한다며 시장 구경을 하지 않겠냐 한다.

고맙게 따라나서 코스코에 도착하니 9시 40분이었다.

역시 성당을 중심으로 관공서와 시장이 들어서 있는데, 길바닥을 보니 모두 자갈과 시멘트로 이루어져 있다.

비교적 잘 다듬어진 길이었다.

아마도 스페인 침략 이후 형성된 도로일 것이다.

프랭크는 텔레비전 안테나를 설치해 주고 나서 우리를 내려 준 성당 옆으로 12시에 오기로 약속하고 사라졌다.

성당의 외관은 다른 곳에서 본 것과 비슷하다. 성당 내부로 들어가 보니 테라코타로 된 마리아 상과 예수 상 등이 이곳저곳 벽면에 있다.

성당 밖으로 나오니 그 앞 맞은편에는 관공서로 보이는 플라자가 있고, 야자나무가 늘어서 있는 가운데 저쪽 너머로 오리자바 봉우리(Pico de Orizaba)가 흰 눈과 얼음을 이고 우뚝 솟아 있다.

오리자바 봉우리는 멕시코에서 제일 높은 산이라는데, 5,747미터란다

오늘 장에서는 먹을 것, 입을 것, 생활 잡화 등등을 파는데, 골목골목마다 연결되어 있어 한 바퀴 훑어보는 데 2시간 이상 걸리는 큰 장이

코스코 시청사와 오리자나 봉우리

었다.

대개 페소 단위로 거래가 이루어진다.

예컨대, 달걀 15개에 10페소(약 1,500원), 오이 네 개에 5페소(750원), 감자 1킬로그램에 3페소(450원) 등이었다. 좋은 카펫(1미터 x 1.5미터 정도) 한 장에 110페소(16,000원), 슬리퍼 15페소(2,250원) 등이다.

감자를 사고 잔돈이 떨어져 50페소를 내니까, 여기저기 다니면서 바꾸려다 결국 바꾸지 못하고 돌아왔다.

50페소, 100페소 종이돈은 이곳에서는 큰돈인 셈이다.

잔돈은 동전으로 2페소 70센트 밖에 없어 그것을 주고 감자를 덜으라는 시늉을 했더니 한참 망설이다가 그냥 가란다.

달걀을 사고 50페소를 낸 후 거스름돈을 받아 그중 1페소를 잔돈으로 바꾸어 30센트를 가져다주었더니 환한 얼굴로 매우 고마워한다.

매번 느끼는 것이지만 사람들은 한없이 착하고 순박하다.

그리고 장에 들어서면 활기가 넘치고, 그러한 활기를 접하면, "삶이란 바로 이런 거구나"라는 생각이 들면서, 생활에서 느끼는 권태로움이 사치라는 것을 알게 된다.

오늘도 살아 있는 칠면조 두 마리를 거꾸로 매달아 끌고 가는 농부

코스코

(?)를 볼 때, 그 칠면조가 안 되었다는 생각이 들기도 하였지만, 다른 한편으로는 그것들을 끌고 가는 사람은 전혀 아무런 생각이 없이 "어떻게 이것들을 잘 팔 수 있을까"만 궁리할지도 모른다.

한편, 칠면조는 칠면조대로, 사람은 사람대로 운명을 그냥 그렇게 받아들이면서 살아야 할 수밖에 없는 존재가 아닐까라는 생각이 든다.

그렇다면, 칠면조가 불쌍하다는 생각은 나와는 전혀 관계없는 일상을 벗어난 사치스런 감정의 유희에 지나는 것은 아닐까?

오히려 그들에게 죄송스러운

8. 코스코의 장날: 권태로움은 사치다.

코스코 거리

느낌이 든다.

장에는 별의별 사람이 많다.

특히 장이 서는 날이면 빼 놓을 수 없는 사람들이 있는데, 그 중의 하나가 약장수이다.

여기도 마찬가지이다.

얼마나 효과가 있는지는 모르지만, 길바닥에 사진을 늘어놓고, 입에 침을 튀기며 약병을 들고 선전을 해대는 약장수와 그것을 신기한 듯이 쳐다보는 군중들은 장에서 빼 놓을 수 없는 볼거리이다.

또한 조그만 손수레를 끌고 아이스크림을 외쳐대는 아이스크림 장수도 있고, 울긋불긋한 색으로 치장한 떡인지 케이크인지를 함지박에 넣고 길손을 유혹하는 아낙네도 있다.

어찌됐든, 시장은 신기하고 재미있는 곳이며, 바쁜 곳이고, 삶의 활력을 불어넣어 주는 곳이다.

시장이 삶 그 자체이기 때문이리라.

9. 꼬르도바 성당과 박물관

2001년 7월 11일(수)

프랭크가 오늘 아침에 꼬르도바에 볼일이 있다고 우리에게 자기 볼일 보는 동안 박물관을 보지 않겠냐고 제안하여, 마침 장도 볼 겸 프랭크를 따라 나섰다.

꼬르도바 중심가에는 지난번에도 와 보았지만, 자세히 둘러 본 것은 아니었다.

우리를 내려주고 2시간 후에 만나기로 약속하고 프랭크는 차를 몰고 볼일을 보러 갔는데, 마침 점심시간이 가까워서 우리는 배부터 채우기로 했다.

지난 번 들렀던 제발로스 아케이드(Zevallos Arcade)에 있는 식당에 가서 지난 번 시켰던 스파게티와 아즈텍(aztec) 스프를 시켰다.

아즈텍 스프는 콘칩 같은 것을 매운탕 국물 같은 곳에 넣어 끓인 것인데 먹을 만하다.

밥을 먹은 후 꼬르도바의 성당 내부에 들어가 보았다.

이 성당(Immaculada Concepcion Parish Church or La Purisima Parish Church)은 1621년, 곧 식민지 시대에 바로크(Baroque) 양식으로 짓기 시작한 것인데, 그 후 많은 부분에 신고전적(Neoclassic) 양식이 도입되었다.

따라서 날씬하게 생긴 탑들과 그리스-로마(Greco-Roman) 양식의 절제미가 대비된다.

겉으로 볼 때에도 비교적 아름다운 건축물이지만 내부는 더 볼 만했다.

황금빛으로 치장한 내부는 아주 밝았으나, 한편으로 경건하다.

성당 안의 제단(altar)은 값을 헤아릴 수 없을 정도의 황금과 보석으로 되어 있고, 사그라리움(sagrarium: 휘어진 천장 부분)은 은으로 정교하게 치장되어 있다.

또한 벽면에는 아주 훌륭한 그림들과 예수, 마리아, 선지자들의 동상들

꼬르도바 성당 내부

이 서 있고, 그 밑에는 관 같은 것도 놓여 있고……

이 가운데 성처녀의 임신(La Purisima Concepcion)으로 알려진 작품이 유명한데, 이 작품은 오래된 것도 오래된 것이려니와 장엄하게 표현된 아름다움 때문에 높이 평가되는 작품이다.

성당을 나와 시립 박물관을 찾아 들어갔다.

멕시코시티 / 꼬르도바

이 박물관은 1975년에 이 지역의 고고학적 유물들을 보존하기 위해 건립되었고, 박물관 안에는 토토낙(Totonac)과 올멕(Olmec) 인디언의 문화를 엿볼 수 있는 인근 지역의 유적에서 나온 토기들, 조그만 토용들, 돌도끼, 돌화살 따위가 잘 정리되어 있다. 정원에는 석상들도 가져다 전시해 놓았다.

인구 20만 정도밖에 안 되는 꼬르도바에 이만한 박물관이 있으니, 더욱이 멕시코 관료들의 부패나 게으름이 유명한 것을 생각할 때 약간 의외라는 생각이 든다.

박물관의 석상

박물관은 무료이고, 다만, 그 안에서 그것을 지키는 직원들이 세 명인가 네 명인가로 기억되는데, 한 사람만 있어도 충분할 것 같은 생각이 든다.

완전고용을 지향하기 때문일까? 효율성보다는 복지를 앞세우기 때문일까?

아니면 부정부

박물관에서 본 꼬르도바 시내

패가 많은 나라이니 뒷돈 받고 직원을 늘려놓고 슬쩍 취직시켜준 것일까?

그리고 실업이 문제가 되는 우리나라에서도 이를 본받아야 할까? 말까?

어찌되었든 그들은 친절하고 늘 웃으며 사람을 맞아주니까 기분은 좋다.

박물관을 나오다 프랭크를 만났다.

우리와 만나는 약속 장소로 오는 길이었단다.

함께 슈퍼마켓에 가서 필요한 물건들을 샀다.

슈퍼마켓의 물건들 값을 비교해보니 우리나라 물건보다 약간 싸다. 특히 식품들은 많이 싸다.

멕시코시티 / 꼬르도바

10. 팔미야스 유적지에서 만난 노인

2001년 7월 12일(목)

오늘은 베라쿠르츠(Veracruz)의 해변에 가기로 한 날이다.

한적한 바닷가에서 수영을 즐기고 바다 음식을 싸게 먹을 수 있다니 얼마나 반가운 일인가!

그렇지 않아도 먹는 것이 입에 맞지 않아 문제였는데…….

원래는 프랭크가 자기 가족들과 베라쿠르츠 해변에 수영하러 갈 때, 가족들을 내려놓고, 젬포알라(Zempoala) 유적지를 들릴 수 있으면 가보자고 했던 것이다.

우리는 프랭크 가족에게 베라쿠르츠에서 점심 대접을 하기로 약속했다.

베라쿠르츠에서 오랜만에 바다 음식을 배불리 먹고 젬포알라의 피라미드를 보러 가면 되기 때문이다.

그렇지만, 나중에 프랭크와 안나는 젬포알라보다는 그 위의 파판틀라(Papantla)에 가서 타힌(El Tajin) 유적지를 보라고 권하였기에 일정이 바뀌어 버렸다.

곧, 프랭크가 베라크루츠의 버스 터미널에 데려다 주면, 우리가 버스를 타고 파판틀라에 가서 하루 묵으면서 타힌 유적지를 보고 다음 날 꼬르도바로 돌아오는 여정으로 말이다.

그래서 오늘 아침 일찍 치약 칫솔 등을 챙겨서 나온 것이다.

그런데 프랭크 가족들은 해변에 아무도 안 간다고 한다.

그렇지만 약속은 약속인 만큼 프랭크가 우리를 재촉하여 우리만 바닷가로 간다.

가는 도중에 팔미야스(Palmillas)의 유적지를 들렀다.

이 유적지에는 조그만 피라미드가 두 개 있다.

프랭크를 따라 조그만 봉우리로 올라가 보니 그것이 바로 피라미드였다.

우리가 올라가던 길 쪽에서는 그저 조그만 야산으로밖에 안 보인다.

그러나 올라가 반대편을 내려다보니 자갈과 돌로 쌓인 축대가 발밑에 있는 것을 보니 분명 피라미드이다.

프랭크가 가리키는 방향에 역시 조그만 야산이 하나 있는데, 그것도 피라미드란다.

이곳의 피라미드는 이집트의 피라미드처럼 무덤으로 쓰인 것이 아니라, 인디언들이 절이나 성당처럼 모여서 종교 의식을 행하는 곳이며, 무슨 일이 있으면 사람들이 이곳에 모여 토론하고 놀고 하는 사회생활의 중심지였다 한다.

팔미야스에서 본 오리자나 봉

　피라미드 위에서 저쪽 편을 보니 오리자바 봉우리가 역시 흰 눈을 머리에 이고 우뚝 솟아 있다. 역시 멕시코 제 1봉답다.

　이곳저곳을 둘러보면서 프랭크가 한다는 말이, 얼마 전만 해도, 아니 지금도 잘 보면 자갈들 사이에 무늬나 그림이 들어 있는 돌 또는 흙으로 구운 파편 조각이 있을 것이란다.

　옛날에 화폐로 쓰이거나, 장식용으로 쓰인 유물들이 방치되어 있는 셈이다.

　그러는 사이에 피라미드 근처에 사는 소년 하나가 맨발로 쫓아와 스페인어로 이 피라미드에 대하여 설명을 해 준다.

　프랭크의 통역에 따르면 피라미드 밑으로 들어가는 입구가 있었는데 지금은 무너져 없어졌다고 한다.

　소년은 피라미드로 향하는 길 입구의 어떤 집에 볼 만한 것이 있으니 가보자고 한다.

　함께 가서 문을 두드리니 할아버지 한 분이 나와 반색을 하며 "자기 집처럼 생각하라"면서 들어오란다.

　1950년에 자기가 피라미드를 발견하였다면서 여러 가지 유물들을 보여 준다. 그 집이 사설 박물관인 셈이다.

　책과 발굴 당시의 사진들을 내 놓고 한참 설명을 하신다.

　물론 스페인어라서 나는 못 알아듣는데 가끔 프랭크가 통역을 해주곤 했다.

　내가 인류학자라면, 그리고 스페인어를 할 줄 안다면, 그 할아버지로부터 많은 것을 배웠을 것이고 말 상대가 되었을 텐데⋯.

　그 할아버지에게 붙잡히면 하루가 모자랄 것 같은지, 프랭크가 베라

팔미야스 피라미드에서 나온 유물들

크루츠에 시간 약속이 있다며 일어선다.

할아버지는 못내 아쉬운지 팔을 붙잡는다. 그리곤 베라쿠르츠에 가면 그곳 박물관의 누구누구를 찾아가라 한다.

그리곤 방명록을 들고 와서 나에게 사인을 하라고 한다.

우리는 한글로 "할아버지의 진지한 설명에 감사한다."고 쓰고 사인을 했다.

그 할아버지는 나에게 명함을 주면서 한국에 돌아가면 꼭 편지를 하라고 진지한 눈빛으로 당부한다--물론 프랭크의 통역을 통해서 들은 이야기지만.

명함을 보니 다니엘 시드 빌라고메즈(Daniel Cid Villagomez)라 쓰여 있고 주소와 전화번호가 있다.

아마도 얼굴 모습이 비슷한 우리에게 무척 호감을 가지고 있는 것 같다.

그곳을 떠나는 데도 한참 서서 "아디오스, 아디오스!" 하며 손을 흔든다.

아마도 그 할아버지는 피라미드를 처음 발견하고 발굴한 것이, 그리고 그 때 나온 유물들을 책으로 엮어 낸 것이 큰 자랑거리이고, 유물에 관심을 보이는 사람에게 설명해주는 것이 아마도 낙인 모양이다.

우리 농촌의 할아버지와는 외양뿐만 아니라 정이 많은 것 또한 닮아 있다.

10. 팔미야스 유적지에서 만난 노인

11. 베라쿠르츠의 매운탕

2001년 7월 12일(목)

베라크루츠(Veracruz)의 해변에 가니 정말 한적하다.

모래는 약간 검은 잿빛인데 물 색깔도 잿빛이다.

베라쿠르츠는 스페인 탐험대가 1519년 처음으로 상륙한 곳이다. 정복자인 코르테스가 배 11척, 550명의 부하를 끌고 상륙하여 이곳의 주인이던 아즈텍 인디언들을 무참히 살육하고 식민지를 건설한 곳이다.

그곳에서 나와 시내 구경을 시켜 준다고 차를 몰고 베라크루츠 바닷가 길을 달렸다. 건물, 군함, 거리 모두 볼 만하다.

그러나 바닷가인지라 습도 높은 더위가 완전히 찜통이다.

에어컨 있는 음식점에 가서 바다 음식을 먹기로 하고 이곳저곳을 기웃거리다가 들어간 곳이 바닷가에 있는 쇼핑 센터였다.

이곳에는 무더운 날씨에도 불구하고 에어컨이 있는 곳이 많지 않다. 인구가 200만이나 되는 큰 도시이며, 1519년 스페인인이 처음 상륙한 역사 깊은 곳임에도 말이다.

에어컨 있는 식당에서 주내와 프랭크는 생선 살, 새우 등을 섞어 위에 치즈를 뿌린 음식(fillete relleno de marcicos)을 시키고, 나는 올리브 오일과 마늘을 섞어 요리한 문어 요리(pulpus al mojo de ajo)를 시켰다.

스프로 나온 것이 새우 스프(caldo de camaron)였는데 국물 맛이 얼큰한 매운탕 국물이었다.

주내와 나는 그 맛이 우리나라의 매운탕 맛과 같다고 하면서 오랜만

베라쿠르츠 시내 해변의 야자수

에 이런 걸 먹으니 속이 시원하다고 하였다.

왜 우리는 매운 것을 먹고 속이 시원하다 하는 걸까?

몸은 못 속인다. 아무리 마음으로는 외국의 풍물에 적응하는 듯하나, 몸은 멀쩡한 것이다.

그런 걸 보면 몸의 기억력이 훨씬 좋다.

맥주 한 잔을 곁들여 점심을 잘 먹고 배를 두드리며 나와 버스표를 사려고 매표소에 들렀는데, 파판틀라(Papantla) 가는 2시 30분 표가 없다는 것이다.

파판틀라까지는 3시간 반이 걸린다고 하는데…….

가만히 생각해보니 오늘 가서 내일 아침에 유적지를 보고 오려면 시간이 빠듯하여 잘못하면 이틀을 외지에서 보내야 할 것 같다.

차라리 내일 아침이나 일요일 아침 일찍 파판틀라로 가서 오후에 유적을 보고 다음 날 아침에도 조금 보고 돌아오는 것이 좋을 듯하여 집으로 그냥 돌아왔다.

돌아오는 도중에 프랭크의 차가 시동이 꺼지는 바람에 주내와 나는 내려서 차를 밀어 고속도로상의 공터에 세워 놓는 새로운 경험을 했다.

프랭크가 차 밑으로 들어가고 뜨거운 뙤약볕 밑에서 우리는 서 있고…….

그러다가 어찌어찌 아슬아슬하게 차를 끌고 집에 도착했다.

도착하자마자 프랭크는 차 밑으로 다시 들어가서 손을 보고 있다.

나이가 예순 하나라니까 우리 나이로는 예순 둘이나 예순 셋인 셈인데도 참으로 젊게 산다.

이런 점은 존경할 만하다.

가난한 대학교수 봉급으로는 생활이 어려우니 민박도 놓고, 차 밑으로 기어들어가 고생을 하는 것 아닌가!

환갑이 훌쩍 넘은 나이에도 말이다.

늙어도 젊게 사는 것을 보여주면 존경 받는다.

젊게 살려면 돈이 없어야 한다. 그러니 돈이 없어야 존경받는 것이다.

그런 점에서 나도 존경받을 만한 자격은 충분히 갖추고 있는 셈이다.

차가 22만 마일이 넘는 13년 된 차라서 이제 고장 날

베라쿠르츠

베라쿠르츠 / 파판틀라

때도 되었다 싶은데, 프랭크는 그것을 정비하여 잘 끌고 다닌다.

　이런 걸 보면 우리나라 사람들은 너무 물건을 낭비하는 것 아닐까라는 생각이 든다.

　그래서 존경받는 사람들이 눈에 띄지 않는 것이다.

11. 배라쿠르츠의 매운탕

12. 타힌 유적지를 향하여

2001년 7월 15일(일)

오늘은 파판틀라에 있는 타힌 유적지를 보러 가는 날이다.

지난 12일 날 가려고 했던 것이지만 베라크루츠에만 다녀오고, 그저 께 프랭크가 시내 나갈 때 함께 나가 버스표를 미리 사 놓았다.

꼬르도바에서 베라쿠르츠는 일인당 59페소(약 7달러), 베라크루츠에 서 파판틀라까지는 일인당 104페소(약 12달러)이다.

여기에서 버스를 타고 여행을 하려면, 버스 터미널에서 행선지에 대 한 버스 시간표를 보고 미리 계획에 맞추어 표를 사 놓는 것이 좋다.

당일 날 가면 표가 없는 경우도 많고 표를 사더라도 한 두 시간 기 다릴 각오를 하여야 한다.

아침 일찍 6시 반에 집을 나서 꼬르도바의 아도(ADO) 버스터미널에 도착하니 6시 45분이었다.

7시 10분 베라크루츠로 출발하여 그곳에서 9시 15분 파판틀라로 떠 나는 버스를 갈아타야 한다. 그리고 그곳에서 타힌 유적지까지 가기 위 해서는 3류 버스 정류장으로 가서 지역의 버스를 타거나 택시를 타야 한다.

멕시코에는 아도 버스가 일류급 버스로서 냉방 시설과 화장실이 구 비되어 있고, 고속도로가 있으면 고속도로로 시속 80km로 주행하며 주 행하는 동안 비디오 영화를 틀어준다.

아도 버스는 재벌회사로서 아마도 멕시코 전국을 연결하는 주요 간 선 교통망으로서 기능하는 듯하다.

베라쿠르츠 / 파판틀라

타힌의 피라미드

그 다음으로는 아우(AU) 버스가 있는데, 다른 것은 비슷하지만 화장실이 없다고 한다.

그리고 3류에 속하는 버스는 지역의 버스로서 화장실은 물론 냉방 시설이 없고 푹푹 패인 관리가 제대로 안 된 지방도로로 달리는, 그리고 쉬는 곳이 많아 직선거리보다는 지그재그로 돌아가기 때문에 속도가 매우 느린 버스이다.

가격은 물론 아도 버스가 제일 비싸고, 지역 버스가 가장 싸다.

더운 지역만 아니라면, 시간이 많고 경제적인 관광을 원하는 관광객들에게는, 지역 버스를 이용하는 것도 괜찮다.

참고로 대부분의 고원 지대에서는 햇빛이 강하지만, 에어컨이 필요할

12. 타힌 유적지를 향하여

정도로 그렇게 무더운 것은 아니지만, 베라쿠르츠의 해안 지역은 습도가
많아 무척 무덥다.

베라크루츠에서 버스를 갈아타고 파판틀라로 가는 길은 대서양을 오
른쪽에 끼고 달리는 길이다.

가끔 바다가 보이고, 야자나무들이 아름답게 늘어서 있고, 바닷가 휴
양지인지 띠로 엮은 원두막 같은 초가집들이 보이기도 하고, 가게들이
밀집해 있기도 하다.

왼쪽으로는 바나나 농장이나 사탕수수 농장, 목장, 또는 그냥 버려진
초원 등이 보인다. 저 멀리 산이 보이기도 하고.

파판틀라에는 1시 15분쯤 도착하였는데, 내일 아침에 돌아갈 표를

타힌의 피라미드

62

타힌의 피라미드

미리 사기 위해 줄을 섰다.

사람들이 늘어서 있는데 표 파는 사람은 '만만디'이다.

그래도 누구 하나 불평하는 사람이 없다.

이곳 사람들은 낙천적이고 느리다. 시간을 잘 안 지키는 것은 물론이다. 2시에 약속했으면 3시쯤 나타나는 것이 보통이란다.

그런 점에서 아도 버스는 비교적 시간을 잘 지키는 셈이다. 비교적 정시에 출발하니까 말이다.

그런데 정시에 출발하는 것도 첫 번째 출발지에서 그러하고 두 번째 정류장이나 세 번째 정류장에서는 5분씩 10분씩 늦는 것이 보통이다.

베라크루츠에서 파판틀라까지 3시간 30분이 걸린다는데, 실제 도착할 때까지 걸린 시간은 4시간이 걸렸다.

멕시코 사람들이 느린 데 비하여 아도 버스는 부지런한 셈이고, 그래서 재벌로 성장하였는지도 모를 일이다. 원래 부자였는지는 모르지만-.

줄을 서서 한 3-40분 기다려, 종이 위에 'July 16, 파판틀라 12:15 --〉 베라크루츠 6:00 --〉 꼬르도바 두 장'이라고 써서, 그 종이를 내밀고도 손가락을 동원하여 한참만에 의사소통이 되어 돌아갈 표를 사놓았다.

이곳은 바닷가에서 떨어진 밀림 속에 위치해 있지만 고도가 높지 않고 바다가 가까워서 그런지 습도가 높아 무척 무덥다.

터미널 밖으로 나오니 시간은 2시를 넘어섰고, 사람들에게 타힌 유적지 가는 버스를 물어보아도 의사소통이 전혀 안 된다.

트리플 에이에서 나온 책에는 도시 북쪽에 아도 터미널이 있고, 역시 그 부근에 타힌 가는 지역 버스 정류장이 있다고 되어 있으니 별로 멀지는 않을 텐데-.

13. 유적지는 일요일에 보세요.

2001년 7월 15일(일)

그러나 버스를 탄다고 해도 얼마나 기다려야 될지 모르고 마침 택시가 왔기에 올라탄다.

그리고 지난 12일 시내 관광 시 들렀던 베라쿠르츠의 방문객 안내소에서 받은 타힌 유적지의 피라미드 그림과 함께 호텔들이 적혀 있는 종이를 들이밀고 일단 호텔들의 방 값을 물어 보았다.

별 세 개짜리 프레미어(Premier) 호텔은 300페소(약 45,000원) 정도이고, 별 두 개짜리 토토나카판(Totonacapan) 호텔은 200페소(약 30,000원) 정도 된단다.

엄지를 내밀며 둘 다 시설 좋고, 무조건 좋단다.

타힌 유적지까지는 얼마냐니까 52페소(약 7,500원)라고 하더니, 피라미드 그림을 가리키며 다시 물으니 70페소(약 8,500원)라고 한다.

아마도 타힌 마을까지는 52페소이고 유적지까지는 70페소인 듯하다.

조금 바가지를 썼다고 해도 팁 준 셈 치면 되니까라는 생각과 함께, 타힌 유적지 관람이 5시까지이니까 빨리 가는 게 낫겠다 싶어 "OK!"고 타힌 유적지로 향했다.

가는 길에 왼쪽편의 호텔을 손으로 가리키며 뭐라 뭐라 하는데, 간판을 보니 토토나카판 호텔이다.

파판틀라(Papantla)에서 초트(Chote) 고속도로를 따라 서쪽으로 13킬로미터 떨어진 타힌(El Tajin) 유적지는 중앙아메리카(Meso -american)의 정치적 종교적 중심지 가운데 하나로서 피라미드들이 장관이다.

누가 세운 것인지 확실하지는 않으나, 아마도 토토낙(Totonac) 인디언들에 의해 세워졌다고 보는 것이 일반적이다.

특히 조각된 기둥들과 작은 벽들(friezes)과 창틀들(panel)로 장식된 건축물은 참으로 볼 만하다.

'사자(死者)의 성스러운 도시'이자

타힌의 피라미드

분노하는 '천둥의 도시'인 타힌은 열광적인 건축 활동이 이루어졌던 시기(feverish building activity)인 서기 800년부터 1150년 사이의 350년 동안에 완벽한 도시로 탈바꿈하였다.

그 후 1200년 경 신원을 알 수 없는 북쪽의 침입자들에 의해 멸망되었지만, 그 후 일부는 복원되었고, 고고학자들은 수백 개의 건축물들이 아직도 정글 아래에 숨겨져 있을 것으로 추정하고 있다.

168개의 건물들이 1.5 제곱킬로미터의 지역에 세워졌기 때문에 건축물들이 중앙아메리카에서 가장 많이 밀집되어 있는 곳이라 한다.

베라쿠르츠 / 파판틀라

전복과 폭동의 시대였던 1200년 경 다른 도시로 인구가 이동함으로써 이 도시는 사양길로 접어들었지만 완전히 폐허가 된 것은 아니었다.

비록 나무와 풀들이 건물들과 조각들을 뒤덮고 이 지역은 밀림으로 변해 갔지만 토토낙(Totonac) 인디언들이 종교 의식을 목적으로 가끔 이곳에 들어 왔다고 한다.

그 후 수년 동안 그 존재가 비밀에 가쳐 있다가 1785년 스페인의 장교인 디에고 루이즈(Diego Ruiz)에 의해 우연히 발견되었다고 한다.

유적지에 들어서자 바로 오른쪽으로 박물관이 있는데 들어가 보니 피라미드들에 대한 전체 모형이 있고, 그곳에서 출토된 유물들 특히 바윗돌에 새겨 놓은 조각과 그것을 탁본해 놓은 그림이 눈을 끈다.

탁본해 놓은 그림은 동북아시아의 옛 신화(복희, 신농 씨 등의 그림)에 나오는 그림들과 흡사하다.

우리의 옛 전

타힌의 피라미드

13. 유적지는 일요일에 보세요.

설에는 일부 동이족이 빙하기에 알라스카를 지나 아메리카로 들어갔다는
데 혹시 인디언들과 우리 동이족과 무슨 연관이 있을지 모르겠다는 상상
을 하며 캠코더로 이들을 촬영하는데 지키던 사람이 캠코더 촬영은 허가
를 받아야 한다며 30페소(약 4,500원)를 내고 허가증을 받아 오란다.

오늘은 일요일이어서 대부분의 유적지나 박물관은 시민들에게 공짜
로 개방되어 있어 캠코더 사용도 돈을 안 받는 줄 알았는데 그게 아니었
다.

참고로 멕시코에서는 박물관과 유적지에서 일요일은 관람료를 안 받
는다.

참 좋은 정책이다. 우리도 본받아야 한다.

멕시코가 우리보다 후진국이라지만, 일요일에는 시민들에게 무료로
개방하여 옛 역사와 문화를 배우고 즐길 수 있게 해주는 것만큼은 선진
적이다.

그러니 여행 일정을 짤 때, 유적지나 박물관은 일요일에 보는 것으로
짜는 것이…….

물론 돈 많으신 분들은 일요일은 피해서 짜시고! 그래야 소득재분배
가 되니까.

그리고 일반 사진기 촬영은 플래시를 터뜨리지 않는 한 허용되지만
캠코더 사용에는 보통 30페소를 받고 허가증을 내 준다.

허가증을 받아들고 다시 돌아와 이것저것을 찍으면서 보니 저쪽 편
에 사람들이 웅성거리는 곳이 있다.

가보니 그곳에서 출토된 유골이 놓여 있다.

베라쿠르츠 / 파판틀라

14. 축구 경기에 이긴 사람들의 머리를 잘라
제사를 지낸다?

2001년 7월 15일(일)

박물관을 나와 가장 먼저 우리의 시선을 끄는 건물들은 아로요 광장(Arroyo square)에 있는 건물들인데, 가장 오래 된 것들로서 네 개의 기념물 구조로 되어 있다.

대부분의 건물들은 사원, 제단, 무도장, 궁전 등으로 사용되었다.

특히 재미있는 것은 멕시코의 어떤 유적지보다도 많은 17개의 무도장이 있다는 것인데, 이로 미루어볼 때, 종교의 중심지로서 이곳의 중요성을 짐작할 수 있다.

무도장이 많다는 것은 즐겁게 놀았다는 뜻이다.

이들이 노는 것을 좋아하는 민족이었음을 알 수 있다.

경험에 의하면 공부 잘하는 사람이 잘 논다. 그리고 잘 노는 사람이 반드시 공부를 잘하는 것은 아니지만, 대체적으로 공부도 잘한다.

노는 거나 공부나 일이나 마찬가지이다. 뭐든지 열심히 한다는 증거이다.

우리 민족은 옛날부터 가무음곡을 좋아했다.

이런 점에서도 아메리카 인디언들은 우리와 통한다.

특히 남쪽의 무도장은 정말로 걸작 중의 하나로서 이 지역 건물들 가운데 가장 인상 깊은 곳이다.

무도회를 통한 종교 의식을 단계별로 나타내고 있는 조각된 장면들이 벽면에 새겨져 있는데, 사람 손을 안 탄 채로 잘 보존되어 있다.

14. 축구경기에서 이긴 사람들의 머리를 잘라 제사를 지낸다?

어떤 책에는 무도장에서 오늘날의 축구 경기 같은 것이 열리고, 잔인한 경기 끝에 희생된 사람들--비록 그들이 진 팀에 속하는지 이긴 팀에 속하는지는 모르지만--을 희생물로 삼아 제사 지냈다고 추정하기도 한다.

내 듣기로는 이긴 팀의 머리를 잘라 제사를 지냈다고 하는데, 믿기가 어렵다.

누가 죽으려고 열심히 경기를 할까? 상식에 어긋난 이야기이다.

이에 대해 책에서는 경기에 이겨 하늘에 제사지내는 제물이 되는 것을 가문의 영광으로 알았다고 쓰여 있으나, 이는 아마도 서양 사람들이 재미삼아 자기들 마음대로 상상력을 동원하여 지어낸 이야기일 것이다.

월드컵에서 이긴 팀의 선수들 목을 뎅강 잘라 하늘에 제사를 지낸다고 생각해봐라! 누가 월드컵에 참가할 것인가?

이를 보면 서양 사람들은 상식에 어긋난 사람들이다.

책에 쓰여 있다고 다 진실은 아니다.

그럼에도 불구하고 사람들은 여기에 잘 속는다.

그렇다고 직접 보거나 경험해 보아야 하는 사람들이 항상 옳다고 주장하는 것도 아니지만.

그래서 책을 쓸 때는 책임감을 가지고 써야 한다. 진실을 호도하지 말고, 제대로 써야 한다.

그런데 그런 책이 얼마나 될까?

그렇지 않은 책이 더 많을 것이다.

날씨는 덥고 습도는 높아 땀이 줄줄 흘러 내의가 다 젖어 찰싹 들러붙었는데, 바람 한 점 없이 뙤약볕은 뙤약볕대로 사정없이 내려 쏘인다.

베라쿠르츠 / 파판틀라

오른쪽으로 잔디와 나무 그늘이 있지만, 그 쪽으로 간들 별 수 있는 가? 덥기는 마찬가지이다.

주내는 우산을 들고 볕을 가리고 가지만, 휴~ 왜 이리 더운가!

피라미드들이 좌우로 늘어서 있는데, 어떤 것은 일부가 흙에 덮여 있고, 어떤 것은 일부가 무너져 있어 계단 밑의 돌들이 보이기도 한다.

대부분 올라가지 못하도록 표시가 되어 있다.

글씨는 읽어야 뜻을 모르겠고, 그곳에 그려진 발바닥 그림과 그리고 다른 이들의 행동을 보고 대체로 짐작하건대 올라가지 말라는 뜻일 게다.

그런데 맨 끝 부분의 피라미드에는 거의 대부분의 사람들이 올라가 있었다.

가보니 그곳에는 주의 표시판도 없고 발바닥 그림도 없었다.

대체로 다른 사람들이 하는 대로 하면 잘못은 없을 것이다.

주내는 그늘 밑에서 캠코더를 들고 촬영을 하고 나는 그 피라미드를 올랐다.

계단이 상당히 가파르다.

오르고 나니 비록 높이가 18미터 정도이지만, 사람들이 가장 무서움을 타는 높이라서 그런지 가장자리에 서면 가슴이 서늘하다.

마침 바람도 불어와 시원하기도 하다.

비록 뙤약볕은 그대로이지만. 또한 앞, 뒤, 왼, 오른, 모든 쪽으로 전망이 좋기도 하다. 여러 개의 피라미드들을 조망할 수 있는 곳이어서 캠코더를 사용하거나 사진 찍기에 아주 좋은 곳이다.

위 부분은 평평하다. 다만 오른쪽 부분이 조금 허물어져 있어 머리통

14. 축구경기에서 이긴 사람들의 머리를 잘라 제사를 지낸다?

테레사네 가족

만한 돌들이 드러나 있기는 하지만.

　주내에게 올라오라고 계속 손짓을 하니 안 오르겠다고 버티다가 결국 올라 왔다.

　사진을 몇 장 찍고 캠코더로 한 바퀴 주욱 촬영을 하는데, 주내는 옆에 있는 어떤 여인과 사귀어 이야기를 하고 있다. 어떻게 우연히 영어를 할 줄 아는 사람을 만난 것이다.

　그 여자는 이름이 테레사이고 치과 의사이며, 남편은 라울이고, 애들은 다니엘과 데이비드라며 가족을 소개해 준다.

　이들은 파판틀라의 친구 집에 묵고 있다며 멕시코시티에 산다고 하면서 멕시코시티에 오면 꼭 전화하라고 한다.

이야기 끝에 버스에 대해서 물어 보았는데--왜냐하면 파판틀라로 돌아가려면 버스를 타거나 택시를 타야 하니까--잘 모르겠다며 차가 없느냐고 묻는다.

택시를 타고 왔다니까 갈 때 자기들 차를 같이 타고 가자고 한다.

호텔까지 데려다 주겠다는 것이다.

하느님이 가는 차편을 마련해 주시는가 싶다. 이들에게 그리고 하느님께 감사한다.

그 피라미드를 내려오는데 계단이 가팔라 아슬아슬하다.

그렇지만 떨어져 다친 사람은 없는 것 같아 마음을 다듬고 한 손을 짚어가며 내려온다.

감실의 피라미드

14. 축구경기에서 이긴 사람들의 머리를 잘라 제사를 지낸다?

감실의 피라미드

그곳에서 만난 테레사 가족들과 그 옆에 있는 '감실(龕室: niche)의 피라미드'로 간다.

튀어나온 처마 장식(jutting cornices)과 함께 감실(龕室, niche: 조상(彫像) 등을 두기 위해 벽면의 움푹 들어간 곳)로 유명한 피라미드 형태의 건물들은 '감실의 피라미드(Pyramid of the Niches)'로 이름 붙여졌다.

큰 바윗돌을 짜 맞추어 만든 균형감 있는 건축의 정교함과 아름다움 이란 빛과 그림자를 대비시키는 데에서도 잘 나타난다.

더욱이 감실의 수가 태양력의 365일을 의미하는 365개로 만들어져 있다고 한다.

그렇다면, 그 감실에는 무엇을 안치해 놓았을까?

15. 피라미드의 용도?

2001년 7월 15일(일)

그곳을 지나 저쪽 편으로는 띠로 지은 큰 집이 보이고 그 위로도 건축물들이 보인다.

밑으로는 건축물에서 나온 1미터가 넘는 돌들이 놓여 있다.

아마도 이 위쪽 지역이 지배 계급과 사회적 엘리트들의 주거 지역으로서 세속적인 기능을 담당하는 건물들로 이루어져 있는 엘 타힌 치코 (El Tajin Chico) 지역인 모양이다.

건물들의 벽에는 언뜻 보아 감실 비슷하지만, 우리나라에서도 흔히 볼 수 있는 변형된 'ㄷ'자형의 무늬가 연속적으로 새겨져 있음을 볼 수 있다.

박물관에서 본 탁본 뜬 그림과 함께 이러한 무늬도 우리 동이족과의 연관성이 있을지도 모른다는 생각이 든다.

피라미드 벽면의 변형된 'ㄷ'자 무늬

책에 보면, 이들 피라미드가 무덤이 아니라 종교 의식을 치르는 사원이며, 사원을 중심으로 행정 사법 활동이 이루어지고, 사람들이 모여 토론과 여유를 즐기는 생활의 중심지로 기능하였다고 서술되어 있으나, 한편으로 생각하면, 이러한 해석이 철저히 서구 편향적인 사고방식으로부터 말미암은 것은 아닐까라는 생각도 든다.

서구 역사를 볼 때, 그들의 생활은 교회가 중심이었기 때문이다.

태어나면 교회에서 세례를 받고, 결혼식도 교회에서 하고, 죽어서는 교회 무덤에 묻히고, 서로 다툼이 있으면 교회에서 판결해 주었다.

교회를 중심으로 시가가 형성되고, 교회에서 사람들을 사귀고, 곧, 교회가 종교뿐만 아니라 행정, 사법 및 경제, 사회 등 생활의 중심지로 기능하였기에 그러한 해석을 하는 것 아닐까 생각이 든다.

예컨대, 유럽의 어느 교회인가에서 본 적이 있는데, 그 교회 벽에는 1미터 가량의 소시지 그림과 머리통만한 빵 덩어리가 새겨져 있다.

저울과 자 등 측량 기술이 발전하지 못했을 때, 소시지나 빵을 살 때 다툼이 있으면, 그것들을 들고 와서 이 교회 벽면에 새겨진 이러한 조각에 대 보고 판결하였다고 한다.

그러니, 옛 유럽 사람들의 생활을 보려면 교회를 보면 된다.

그러나 한국 사람의 눈에는 이 피라미드들이 무덤이라는 생각이 든다.

한국인, 곧, 옛 동이족의 종교 생활은 무엇보다도 '조상 숭배'라 할 수 있으며, 그것이 조상의 무덤에 봉분을 만드는 풍속으로 아직도 남아 있는 것이다.

조상이 돌아가신 다음 무덤을 만들면서 봉분을 하는 것은 동이족 밖에 없다고 한다.

이집트나, 중국에서도 왕 등 지배 계급들은 무덤에 봉분을 하였으며
--예컨대, 이집트 피라미드 역시 봉분의 한 형태이다--그런 것을 볼 때
이들 지배 계급이 옛 동이족이었거나, 아니면, 동이족의 유습을 모방한
것이라고 해석할 수도 있다.

따라서 동이족의 눈으로 보면, 여기에 있는 피라미드들이 동이족과
혈연관계가 아주 가까운 인디언들에 의해 지어졌다는 사실과 함께 아까
박물관에서 본 유골을 연결시킬 때 이들이 무덤이 아닐까라는 생각이 들
기도 한다. 비록 서양 고고인류학자들에 의하면 이들이 무덤이 아니라고
박박 우기지만 말이다.

피라미드 꼭대기에서 제사를 지냈다고?

15. 피라미드의 용도?

더욱이 이곳은 습도가 높고, 비가 많고(비록 우기와 건기로 나뉘어, 우기에 내리는 것이지만), 무더운 곳으로 정글이 우거진 곳인데 왜 하필이면 이곳을 다듬어 이런 피라미드를 건설하였을까?

아마도 그 당시의 풍수지리 이론에 따라 결정하였을 것은 틀림없을 것이다.

그렇지만 범인의 눈에도 일반 사람들이 생활하기에는 그렇게 썩 좋은 곳이 못 된다. 고기를 잡아 생활한다면 동쪽의 바닷가 쪽으로 더 나아가야 할 것이고, 농사를 짓거나 과일을 재배하여 생활한다면 아마도 좀 더 높은 서쪽의 고지대, 그래서 무더위를 피할 수 있는 곳이 더 좋을 것이다.

그렇다면?

또한 왜 타힌을 성스런 주검의 도시(Sacred City of the Dead)라고 하는 걸까?

물론 이들 가운데에는 하늘에 제사지내는 천제(天祭) 의식을 거행하기 위한 건축물도 있을 것이지만, 지배 계층의 무덤들이 대부분 아닐까?

그리고 이들을 관리하고 하늘에 제사지내는 사제 집단이 머무는 곳이 아니었을까?

이러한 생각은 내가 한국인이기에 하는 것일지도 모른다.

실제로는 이들을 건설한 사람들의 눈에 따라 해석해야 올바른 해석이 될 것이지만, 서구의 인류학자들이나 나나 그 동안 생활해 온 자신들의 눈으로만 보는 것일지도 모른다.

건축물을 지은 사람들과 그곳에서 생활했던 사람들은 이제 침묵을 지킬 뿐인데 국외인(outsider)인 제 삼자들이 찧고 까부는 것은 아닐까?

베라쿠르츠 / 파판틀라

어찌 이뿐이랴!

사람들은 무엇을 보건, 자기 자신의 얼틀에 맞추어 사물을 보고 해석한다. 곧, 자기의 생활 배경에 의해 무의식적으로 형성된 인식의 틀 속에서 벗어나지 못한다.

얼틀 속에는 옛날부터 내려온 풍습뿐만 아니라 학교에서 배운 지식, 친구들과 사귀면서 형성

〈사진 47〉 피라미드

된 일련의 사고방식 등이 녹아 있다.

그래서 때에 따라서는 오해가 생기고 다툼이 생기기도 하나, 때에 따라서는 우리 생활의 활력이 되기도 하고, 자신의 발전을 가져오기도 한다.

그렇지만 말없는 주검에 대해서만큼은 아전인수격의 해석을 해서는 안 되리라.

그것은 사자에 대한 예의가 아니기 때문이다.

15. 피라미드의 용도?

16. 파판틀라: 하늘을 나는 춤

2001년 7월 15일(일)

초가지붕을 이고 있는 피라미드의 안을 둘러보니 푸른색의 물감으로 그린 그림들이 돌 벽에 있다. 들어가지 못하게 금줄을 쳐 놓았는데, 아마도 발굴 중인 모양이다.

이곳저곳을 대충 보고, 사진을 찍고, 이제 돌아나가는 길이다.

그 동안에도 땀은 줄줄 흐른다.

테레사네 가족들과 이런 저런 이야기를 하면서 되돌아 나오는 길은 아까 왔던 길과는 다른 피라미드의 다른 쪽을 보면서 내려가는 길이다.

무엇을 알아야 제대로 본다 하겠는데 아는 것은 없고, 그러니 그냥 겉모양만 보고, 움직이면서 피라미드들이 놓여 있는 조형 감각의 아름다움을 느끼는 것만으로 만족할 수밖에 없다.

그렇게 책을 읽어보았건만, 머리에 떠오르는 것은 별로 없고, 결국 일반적인 미적 감각과 신기함만이 판단 기준이 되어 그저 거기에서 새겨진 인상만이 우리의 뇌리에 남아 있는 것이다.

그리고 그것도 머지않아 망각의 늪 속으로 사라져 버릴 게다. 이렇게라도 적어 놓지 않는 한….

유적지를 나오는데, 입구 쪽 하늘 높이 장대가 세워져 있고 그 꼭대기에 무엇인가 공 같은 것이 매달려 있다.

라울이 그것을 손으로 가리키면서 "댄스, 댄스" 한다.

라울과 테레사는 인류학을 공부했다는데, 테레사는 영어를 잘 하지만, 라울은 그렇게 유창하지 않다.

점점 가까이 가면서 보니 그것은 공이 아니라 사람들이었다.

라울이 다시 '화이브 멘'이라고 가르쳐 준다.

장대 끝에는 나무로 짠 네모꼴이 있는데, 그 가운데에서 한 사람이 피리를 불고 춤을 춘다.

장대 꼭대기에서는 네 개의 줄이 빙빙 돌면서 내려오는데, 줄마다 한 사람씩 매달려 있다.

아까 이곳에 들어오기 전, 금강산도 식후경이니 밥을 먹어야 한다며 사람들이 많은 식당을 기웃기웃 찾아 들어갔는데, 우리 옆 식탁에서 식사를 하던 사람들이 있었다.

그들의 모습은 생김새뿐만 아니라 입은 옷과 장식들이 우리나라의 농부들과 영락없이 닮았다.

닮은 정도가 아니라 바로 우리 농군들이었다.

바로 농악을 할

하늘을 나는 춤

16. 하늘을 나는 춤

때 입는 바지저고리에 패랭이를 한 모습을 한 저들이 저 공중에 있는 것이다.

아하, 이것이 바로 그 유명한, 책에서 읽은, "하늘을 나는 뽈라도레스(새사람: 鳥人)라는 춤이구나!"

걸음을 재촉하여 입구로 나가 보니 사람들이 여기 저기 잔디밭에 앉아 장대를 둘러싸고 하늘을 보고 있었다.

파판틀라는 '하늘을 날며 춤추는 사람들'(Voladores de Papantla: Papantla Flyers 또는 Flying Pole Dancers)로 유명한데, 이들은 스페인의 침입 이전 농경 시대에 토토낙 인디언들이 바닐라

하늘을 나는 춤꾼의 동상

추수를 감사하며 비의 신의 가호를 비는 농경 의식의 일부로 이 춤을 추었다고 한다.

21미터의 장대 끝에서 한 사람은 피리를 불고 북을 치며 춤을 추는 동안 네 사람은 자신들의 몸과 발목에 밧줄을 감고 뛰어 내리면, 장대는 서서히 선회하기 시작하고 밧줄이 풀리면서 13바퀴를 돌아 하늘을 날면

서 땅에 안착한다.

　네 사람이 13바퀴이니까 모두 52바퀴를 도는 셈인데, 이 숫자는 일 년의 52주를 나타내기도 하지만, 아즈텍 인디언들의 종교 생활 주기에서 나온, 해의 숫자인 52년을 가리킨다고 한다.

　여기에서 네 사람이 도는 의미는 태양신의 메신저라고 생각하는 네 마리의 새, 곧, 종달새, 독수리, 앵무새, 케찰을 상징한다고.

　케찰은 중앙아메리카의 열대 우림에서 발견되고 있는 조류로서 '세계 에서 가장 아름다운 새'라고 일컬어지며, 현재 멸종 위기에 처해 있다.

케찰

　몸길이는 암컷 이 약 36cm이고 수컷은 40cm인데, 꽁지를 덮은 두 가 닥의 긴 깃 때문에 전체 길이는 약 1m에 이른다. 날 개 길이는 약 20.5cm이다.

　수컷은 에메랄 드 빛 깃털의 복부 와 아래로 늘어뜨 린 흰 꼬리를 가지 고 있다. 어깨깃은 비옷 모양이며, 가

슴은 갈색, 부리는 노란색이다. 부리 위에는 둥근 깃 다발이 있다. 암컷
은 몸 전체가 어두운 빛깔이다.

중앙아메리카의 마야 문명에서는 신성한 동물로 여겼으며 잡아서 울
에 넣으면 죽어 버린다는 전설 때문에 자유를 상징하기도 하고, 자유로
이 이동하는 모습 때문에 상업에 종사한 마야 문명인에게 부로 인식되기
도 한다.

과테말라의 국조로서 오늘날 과테말라 국기에 그려져 있고 과테말라
의 화폐의 단위로 쓰이고 있다.

이 춤은 파판틀라에 있는 성당의 안마당에서 5월 말이나 6월 초의
그리스도체 축제 기간(Festival of Corpus Christi)에, 그리고 매 일요
일마다 하루 세 차례씩 행해진다고 하는데 여기에서 볼 수 있게 된 것이
다.

나중에 알게 된 것인데, 관광객들이 많으면 이 춤을 이곳 타힌 유적
지에서도 실행한다고 한다.

어찌되었든 오늘 이 춤을 보게 된 것은 행운이라 할 수 있다.

테레사의 차는 큰 차가 아닌데다 우리 둘까지 끼어들어 뒷좌석은 비
록 좁았지만, 아이들이 불평도 안 하고 우리를 좋아한다.

감사할 일이다.

데이비드는 끝에 유리로 만든 돌핀이 달린 조그만 목걸이를 사서 주
내에게 선물이라며 준다.

공짜로 차를 얻어 타고 가는 것도 미안한데 선물까지 받자니 답례를
해야 할 것 같다.

집에 놓아둔 한국에서부터 가져온 조그만 선물들(매듭 장식 등)을 가

지고 나오지 않은 것이 후회가 되나 어쩔 수 없다.

멕시코시티에 가서 연락이 되면 그때 하나 주어야겠다.

그렇지만 여기에서도 감사의 표시를 하고 싶어 아이들을 데리고 노점상에 가서 선물을 사 줄 테니 집으라니까 한사코 사양한다.

계속 괜찮다니까, 다니엘은 십자가로 된 목걸이를 가지고 싶다는데 15페소이다.

15페소를 내고 그것을 사서 주니까 가지고 있던 10페소를 내민다.

아저씨가 사 주는 것이라며 그것을 물리친다,

그리고 데이비드에게는 계속 만지작거리고 있던 10페소짜리 목걸이를 사주었다.

그런데 강아지를 뜨거운 차 속에 놓아두고 유적지로 들어갔다 오는 바람에 강아지가 완전히 더위를 먹은 모양이다.

라울은 걱정스런 눈빛으로 한참 동안 강아지에게 찬 물을 먹이고 주무르고 한다.

한참 동안 강아지를 추스른 다음 테레사의 차를 타고 파판틀라의 시내로 돌아왔다.

16. 하늘을 나는 춤

17. 아이고, 더워라!

2001년 7월 15일(일)

테레사 가족들 덕분에 파판틀라의 호텔까지 잘 왔다.

호텔 옆에 차를 세우고서도 테레사가 들어와 호텔 직원에게 통역을 해 준다.

저녁 먹고 8시쯤 성당에 나올 거라며 이따 보자고 작별 인사를 하고 우리는 호텔 방으로 들어갔다.

호텔비는 두 사람에 257페소인데--여기에서는 방 하나에 얼마가 아니라 사람 수에 따라 방값이 다르다--들어가 보니 조그만 방에 침대 하나와 욕실이 있고 텔레비전과 에어컨이 있다.

무엇보다도 에어컨이 반가웠다.

욕실에 들어가 샤워를 하고, 밖으로 나와 시원한 물을 한 잔 들이켜고, 에어컨 바람을 쐬며 침대에 누워 텔레비전을 켜니 오늘 있었던 스포츠들을 요약해 보여 주는데 슬슬 눈이 감긴다.

텔레비전에서는 아메리카 컵 축구 대회의 결과들을 보여주는데 축구만큼은 이 나라에서도 모든 국민들이 좋아한다.

어디서 왔느냐는 질문에 꼬레아라고 하면 대뜸 축구 이야기가 나온다.

내년에 개최되는 월드 컵 때문이리라.

7시 반쯤 호텔을 나가 성당 쪽으로 가니 성당 앞 쪽 공원에는 사람들이 가득하고 공원의 한쪽 편에는 악기를 들고 연주하고 그에 맞추어 노래를 부르고 난리이다.

베라쿠르츠 / 파판틀라

공원 입구의 타일로 만든 문

웬 사람들이 이리 많은지-. 잘못하면 호텔 방도 못 잡을 뻔했다는 생각이 든다.

거리에는 행상과 노점상, 구두닦이, 관광객들로 가득하다.

이 공원이 유명한 것은 공원의 밑바닥과 사람들이 앉을 수 있도록 만들어 놓은 곳이 전부 타일로 이루어져 있다는 점이다.

자세히 보지 않으면 그냥 지나칠 수밖에 없겠지만 미리 책을 보았기에 자세히 살펴 볼 수 있었다.

역시 알아야 아는 만큼 보이는 법이고, 준비하는 만큼 알 수 있는 법이다.

파판틀라(Papantla)는 파판트인(Papantzin or Papan Tecutli)이

17. 아이고, 더워라!

통솔하던 고원 지대의 부족과 함께 12세기 말 이미 쇠락의 시대로 접어들던 토토낙(Totonac) 인디언이 타힌 지역에 세운 도시라고 한다.

이 도시는 많은 비와 함께 비옥한 땅을 가진 전략적인 요충지로서 점차 발전하기 시작했는데, 18세기 말부터 19세기 중순에 이르기까지 난초의 한 종류인 바닐라로부터 생산해 내는 바닐라(Vanilla) 향료의 양과 질로 명성을 얻게 된다.

또한 이 도시는 경사진 지붕과 하얀 벽으로 둘러싸인 대규모의 저택들 때문에 건물의 동질성이 매우 높은 곳으로 그 명성을 얻는 곳이다.

성당(Catedral Senora de la Asuncion)을 보니 성당의 북쪽 벽, 그러니까 공원에 접해 있는 벽면에는 토토낙 인디언들의 민속에서 나오는 주요 인물들이 돌 위에 조각되어 있다.

이것을 호메나헤 알라 쿨트라 토토나카(Homenaje a la Cultra Totonaca)라 부르는데, 전설상의 케찰코아틀(Quetzalcoatl)이라는 뱀 등을 조작한 것으로서 그 길이는 뱀의 몸통 길이인 약 50미터(165피트) 정도 된다.

뱀의 입은 서쪽에 꼬리는 동쪽에 조각되어 있고, 중간에는 피라미드가 조각되어 있으며, 그 사이에는 신화에서 나오는 여러 인물들이 새겨져 있는데, 볼 만하다.

북쪽 상가 쪽에 있는 식당으로 들어가 무엇을 시켜 먹을까 고민하다가 밀라네자를 두 개 시킨다.

지난 번 촐룰라에서 먹어보았던 밀라네자처럼 생각하여 햄버거 크기인줄 알고 두 개를 시킨 것인데, 각각 큰 접시에 가득하게 담아 내왔다.

결국 한 접시는 봉지에 담아 달라고 하여 들고 다니다가 다음 날 아

베라쿠르츠 / 파판틀라

파판틀라 성당 벽면의 대형 조각

침에 먹으려 하였으나, 전 날 먹었던 까닭에 질려서 결국 먹지 못하고 버리고 말았다.

식사를 하다 보니 시간은 8시가 훨씬 넘었다.

부랴부랴 식사를 끝내고 성당에 들어가 보니 사람들이 가득하다.

성당 앞마당 한편에는 역시 하늘을 나는 춤(Flying Pole Dance)을 출 수 있도록 장대가 세워져 있다.

테레사 가족을 만나 다시 반가워하며 아래쪽의 공원 옆에서 공연을 보러 갔다. 공연은 노래와 악기 연주로 이어지고 조명은 붉었다가 푸르다가 바뀌는데, 웬 사람들이 그리 많은지 파판틀라가 조그만 도시라고는 생각할 수 없을 정도로 사람들이 많다.

17. 아이고, 더워라!

날은 어두워 컴컴하지만 날씨는 아직도 무덥다. 샤워하고 식힌 몸이 벌써 아까 전부터 땀으로 목욕을 한 듯하다.

9시가 넘어, 테레사 가족들과 헤어져 호텔로 돌아왔다.

다시 한 번 샤워를 한 후 에어컨을 켜고 자리에 누우니 잠이 잘 온다.

18. 오아하카 행: 계획은 계획일 뿐!

2001년 7월 16일(월)

원래 계획은 20일 꼬르도바를 출발하여 유카탄(Yucatan) 반도 이곳 저곳에 산재해 있는 피라미드 유적지들과 칸쿤(Cancun)의 바다를 보러 가기로 계획하였으나, 프랭크의 의견을 들어본즉 그곳은 타힌보다 더 무 덥다는 것이다.

또한 짐을 끌고 돌아다니기도 힘들 것 같아 한 곳에 머무르면서 짐 은 호텔에 놓아둔 채 간편한 차림으로 관광을 하여야겠다 싶어, 계획을 대폭 수정하여 오아하카(Oaxaca)에서 5일을 머무르고, 다시 멕시코시티 (Mexico City)로 가서 6일 머무른 다음 페루(Peru) 행 비행기를 타기로 했다.

책을 찾아보니, 오아하카라는 도시는 고도(古都)로서 인근에 유적지가 많고 인디언 마을 등 둘러 볼 곳이 많을 뿐 아니라, 오아하카 축제가 매 년 7월 말 연속되는 두 월요일에 있는데 그것이 볼 만하며 적어도 5-6 일은 머물 가치가 있는 곳이라고 쓰여 있다.

더욱이 고도가 1,500미터 이상이어서 꼬르도바보다 훨씬 선선할 것 이라니 이 더운 여름에 이쪽으로 방향을 튼 것은 정말 잘한 일이라 생각 한다.

계획을 바꾸고 보니 머무를 숙소부터 정하는 것이 가장 시급한 것 같아 며칠 동안 인터넷을 통하여 시내 중심가에 있는 포사다 델 센트로 (Posada del Centro)라는 호텔에 숙소를 간신히 예약하였다.

7월말의 축제 때문에 빈 방이 별로 없었다.

이 호텔에서도 20, 21, 22일은 욕실이 딸린 방을 하루에 380페소 (43달러)에, 그리고 축제일인 23일과 24일엔 공동욕실을 쓰는 방을 하루에 280페소(31달러)에 예약한 것이다.

여행객에게는 다운타운에 숙소를 정하는 것이 여러 모로 편리하다. 버스 타기도 좋고 음식 사먹기도 좋으며, 대부분 볼거리들이 밀집해 있는 까닭이다.

한편 타힌에서 돌아오는 길에 오아하카 행 버스표를 미리 사 두어야 겠다는 생각이 들어 꼬르도바의 아도(Ado) 버스 정류장에 들른다.

시간표를 보니까 하루에 두 번, 곧, 오전 10시와 밤 1시인가 두 번 있는데, 10:00시 표를 사면 되겠다 싶어 20일 오아하카 두 장을 달라니까 컴퓨터를 쳐보더니 머리를 내젓는다. 표가 없다는 것이다. 그 전 날도 없고, 그 다음 날도 밤 표만 딱 한 사람분 남아 있다는 것이다.

방은 벌써 예약해 놓았는데 큰일이다 싶어 어쩔 줄 모르는데, 직원이 저쪽으로 가서 아우(AU)버스는 있을지 모른다며 가서 물어 보란다.

아우 버스 매표소에 가서 물어보니 다행히 21일 새벽 0시 55분 표가 몇 장 남아있다는 것이다. 20일 날은 없고. 일인당 141페소라, 282페소(32달러)를 내고 표 두 장을 샀다.

집에 돌아오자마자 컴퓨터를 켜보니 예약한 호텔에서 편지가 와 있는데, 23, 24일은 방 없는 것을 잘못 일러주었다고 미안하다는 편지였다.

나는 또 나대로 20일 날 버스표를 구하지 못해 갈 수가 없으니, 20일은 예약을 취소하고 21일과 22일 이틀만 예약을 하겠다는 편지를 띄

오아하카 / 몬테 알반

왔다.

그나저나 23, 24일은 어쩌나 싶다. 설사 잘 곳이야 없겠는가마는 짐을 들고 옮기려면 그것도 성가신 일 아닌가!

그런데 다음 날 인터넷을 보니 호텔에서 편지가 다시 와 있는데, 마침 23, 24일 예약한 사람이 취소하는 바람에 방을 쓸 수 있다는 내용과 함께 20일은 취소되었고, 따라서 21, 22, 23, 24일은 예약할 수 있다는 것이다.

하느님이 도와주시는 것 같다. 얼른 감사하다는 말과 함께 그렇게 예약하겠다는 내용의 편지를 띄웠다.

우리가 세운 계획이 계획대로 된다고 우리 뜻대로 된 것은 아니다.

착각하지 마시라! 계획은 계획일 뿐, 그대로 되는 경우도, 되지 않는 경우도 전혀 사람의 뜻대로 되는 것은 아니니…….

계획대로 일이 이루어질 때, 사람들은 자신의 의지로 그렇게 되었다고 잠시 착각하는 것일 뿐이다.

계획대로 안 되면 하늘을 원망하나, 그것은 슬기로운 태도가 아니다.

하늘의 뜻이 있으니 그것을 헤아릴 줄 아는 지혜가 필요한 것이다.

설사 그것을 헤아리지 못한다 하더라도 원망에서 오는 스트레스는 덜 받을 것 아닌가!

그러나 우리가 강하게 원하면 하늘이 들어주신다는 것만큼은 믿을 수 있다.

믿는 대로 이루어지리라! 그렇지만 그 이루어짐 속에는 우리가 헤아리지 못하는 하늘의 뜻이 숨어 있는 것이다.

18. 오아하카 행: 계획은 계획일 뿐!

19. 꼬르도바의 밤경치를 뒤로 하고

2001년 7월 20일(금)

드디어 꼬르도바를 떠나는 날이 왔다. 그래도 꼬르도바에 20일 머무는 동안 정이 들은 모양이다.

프랭크는 안나와 함께 25일 루이지애나로 떠난다고 한다.

이 집은 미국에서 오는 교수 부부에게 일 년 동안 맡기고, 프랭크 부부는 루이지애나에서 일 년 동안 있을 계획이란다.

안나는 루이지애나 대학에서 영어를 가르치고 프랭크는 그곳에서 건축 일을 한다고 한다.

20일 저녁을 먹은 후 밤 10시쯤 프랭크는 우리를 버스 정류장으로 데려다 준다고 차를 몰고 나섰다.

안나와 작별 인사는 했으니 프랭크의 차를 타고 시내 한 복판으로 갔다.

꼬르도바 시의 또 다른 성당

오아하카 / 몬테 알반

차 시간이 새벽 0시 55분이니 시간이 많이 남는다.

프랭크에게 우리를 버스정류장에 내려주면 기다렸다가 차를 타고 가겠다고 했더니, 시내에 가서 한 잔 해야 되지 않겠냐며 시내로 향한 것이다.

꼬르도바 시내의 한 복판의 공원 옆에 있는 음식점, 처음 꼬르도바에 와서 프랭크와 같이 갔던 음식점에서 마가리타를 시켰다.

잔 주위에 묻힌 소금의 짭짤한 맛과 함께 마가리타의 향기가 혀끝에 전해진다.

밤에 보는 시 청사나 그 맞은편의 성당 역시 불빛에 쌓여 야간 경치도 볼 만하다.

밤늦은 시각인데도 음식점 거리는 사람들로 붐비고, 북적북적하다.

낮에나 마찬가지로 악기를 연주하며 손을 벌리는 사람들도 여전하다.

꼬르도바의 낭만, 멕시코인의 여유가 저절로 느껴진다.

옛날 동숭동, 문리대 잔디밭에서 뒹굴던 때 마로니에 밑에서 느끼던

꼬르도바 시 청사의 야간 풍경

19. 꼬르도바의 밤경치를 뒤로 하고

향수, 대학 다방에서의 아늑한 느낌, 잊지 못할 낭만과 꿈이 있던 시절을 되새길 수 있는 정말 사랑하고픈 분위기이다.

이는 내가 마가리타를 좋아하게 된 또 다른 한 가지 이유이리라.

이제 여기에서도 이별을 할 시간이다.

우리는 일어서서 계산을 하고, 프랭크의 차를 타고 버스 터미널로 갔다.

인생은 만남 아닌가?

만남은 늘 이별을 준비해 두는 것. 프랭크와의 이별도 이미 예정되어 있었던 것이리라.

그 동안 고마움을 전하며 손을 흔들고 어둠 속으로 사라진다.

20일 전만 해도 전혀 몰랐던 사람이지만 이렇게 인연은 쌓아지는 것일 게다.

내일은 내일대로 또 다른 새로운 인연이 역시 이어질 것이다.

감사한 마음뿐이다. 하느님이 내게 준 모든 것, 소중한 인연, 아름다운 기억, 기다리는 내일, 모두 감사할 따름이다.

20. 지갑을 잃어버리고

2001년 7월 21일(토)

꼬르도바를 뒤로하고 밤길을 달리는 버스 속에서 몸을 뒤척이는데, 한편으로는 고달픈 신세 같기도 하지만, 다른 한편으로는 방 값이 하루 분 절약되었다는 생각이 들면서, 이와 같이 밤에 이동하는 것도 괜찮구 나라는 생각도 든다.

다만 바깥의 경치를 볼 수 없어 유감이긴 하지만 꼬르도바에서 오아 하카로 가는 길 중 약 반 정도는 촐룰라 피라미드로 가던 길이어서 크게 서운하지는 않다.

비몽사몽간에 눈을 뜨니 새벽이 밝아오고 도시의 모습이 희뿌옇게 눈에 들어온다.

새벽 6시, 버스 정류장에 도착하여 제일 마지막에 내린 다음 짐을 찾아 끌고 대합실로 가서 일단 5일 후 멕시코시티로 가는 표를 구입해 놓기로 했다.

멕시코시티로 가는 표는 아우(Au) 버스만 사용하는 이 터미널에서 팔지 않고 시내에 있는 종합 버스 터미널에서 구입하여야 한다기에 화장 실에서 고양이 세수를 한 다음 주내와 함께 택시를 탔다.

시내의 버스 터미널은 훨씬 크고 여러 종류의 버스들이 있고 다 가 격이 달랐다.

버스표를 사려고 이것저것 물어보다가 신용카드로 돈을 찾아야겠기 에 뒷주머니를 뒤지는데, 아차, 없는 거였다.

아마도 뒷주머니에서 빠진 모양이었다.

지갑을 잃어버리지 않으려면 절대 뒷주머니에 넣으면 안 된다. 이후 여행할 때나 평소에나 나에게는 지갑을 앞 바지주머니에 넣는 습관이 생겼다.

부리나케 바깥으로 나가 타고 온 택시를 찾았으나, 택시는 벌써 사라지고 있을 리 없었다.

소매치기가 많다고는 하나 소매치기 당한 것 같지는 않고, 아마 우리가 타고 온 버스에서 몸을 뒤척일 때 빠졌을 가능성이 제일 높다.

그렇지 않으면 반쯤 비죽이 삐져나와 있다가 택시에서 빠졌든지-.

지갑 안에는 카드 이외에도 미국 운전 면허증, 버클리 대학 교환교수 신분증, 교원공제회 신분증 등이 들어 있었으나 돈은 없어 그나마 다행이었다.

급히 표 사는 곳에서 사정을 설명한 다음, 아우 버스 터미널로 전화를 해 버스 좌석에서 수첩을 발견하거든 보관해 달라고 전화를 해 달라는 데도, 알아듣긴 했을 텐데 못들은 척 다른 말만 한다.

대신 전화만 한 통 해주면 될 텐데 '나 몰라'다.

영어가 전혀 통하지 않으니 내가 직접 전화해 본다 해도 별 수가 없을 것이다.

택시를 타고 되돌아가 찾아볼까 했으나, 그 버스가 그 곳에 그대로 있지 않고 다른 곳으로 출발했을 테니 누가 주워 놓지 않았으면 가 보았자 역시 별 수가 없다.

신용카드로 돈을 찾으려면 비밀 번호가 있어야 하니까 누군가 주웠어도 큰 문제는 안 될 듯싶었으나 일단 빨리 신고하는 것이 급선무였다.

전화카드를 사 가지고 공중전화에서 한국의 신용카드 회사로 전화를

오아하카 / 몬테 알반

했다.

그런데 전화가 ARS식이어서 계속 이 번호 저 번호를 눌러 가며 안내 도우미가 나올 때를 기다리다가 가까스로 통화가 되는 듯싶자 카드의 돈이 다 떨어져 통화가 끊기고 만다.

다시 전화카드를 사면서 더 비싼 전화카드를 요청했으나 그것이 제일 비싼 거라 한다.

다시 전화를 했으나 역시 마찬가지이다.

간신히 카드 분실 신고만 하고는 전화가 끊어져 버렸다.

ARS가 참 문제이다.

사람이 나오면 금방 해결될 것을 기계가 응답을 하고 있으니 인건비를 아낀다는 가상한 생각은 알겠으나, 참으로 고약한 제도 아닌가!

사람이 사람답게 말을 하고 있으면, 사람이 응대를 해야지 기계가 지 고집대로 시간을 질질 끌면서 돈만 집어 삼키니 참으로 고약한 것이 아닐 수 없다.

이게 자본주의의 폐해다.

자본주의란 결국 사람을 우습게 알고 돈을 신봉하는 이념이다.

세상이 그렇게 바뀌고 모두 그렇게 살고 있으니 가만히 있으라고?

나는 주장한다. 아무리 돈이 좋아도, 사람은 사람대접을 받아야 한다고!

공중전화 걸기를 포기하고는 예약해 놓은 호텔로 향해 걷기로 했다.

시간도 많고 어차피 이국땅이니 거리 구경도 할 겸 지도를 보면서 걷는 것도 괜찮으리라 생각한 것이다.

다만 지갑을 잃어버려 기분이 씁쓸할 뿐!

20. 지갑을 잃어버리고

걷다 보니 인터넷 하는 곳의 간판이 보인다.

카드 분실 신고가 제대로 되었는지도 모르겠고 인터넷으로 다시 한 번 카드 분실 신고를 해야겠다 싶어 들어갔더니 인터넷에 한글 자막이 나오지 않는 거였다.

할 수 없이 나오다 보니 한편에 국제전화를 쓸 수가 있도록 되어 있다. 통화 시간에 따라 통화료를 받으니까 도중에 끊어질 염려가 없다.

교환원에게 한국의 카드 회사 전화번호를 일러준 다음 전화기가 있는 부츠 박스에서 기다리니 연결이 되었다.

자초지종을 설명한 다음 물어보니 벌써 신고가 되어 처리했다는 것이었다. 잃어버린 카드는 한국에 돌아와 다시 만들면 된다는 말과 함께.

이제부터는 주내가 가지고 있는 카드를 쓰면 된다.

21. 오아하카, 우리나라 경주와 같은 곳

2001년 7월 21일(토)

오아하카는 오아하카 계곡에 위치한 오아하카 주의 수도로서 우리나라의 경주와 같은 곳이다.

이 도시는 시에라 마르데 델 수르(Sierra Marde del Sur)의 봉우리들로 둘러싸인 1,500미터의 고원에 위치하고 있는데 녹색의 화산석으로 지은 많은 빌딩들이 특이하다.

이 건물들은 해가 수평으로 비칠 때 황금색으로 바뀐다.

오아하카는 자포텍(Zapotec)과 믹스텍(Mixtec) 문명의 그림자 속에

몬테 알반: 댄서의 신전

놓여 있다.

자포텍은 매우 종교적인 부족으로서 정교한 의식용 건축물인 피라미드를 세웠으며, 점성술에 밝고 북미 대륙에서 가장 오래된 것으로 추정되는 문자 체제를 발전시켰다.

멕시코에서 제일 존경받는 초대 대통령인 베니토 후아레츠(Benito

몬테 알반: 동쪽 신전들

Juarez)가 순수한 자포텍 인디언 출신이다.

후아레츠 대통령은 자포텍 인디언 부족 중 구엘라타오(Guelatao) 부족 출신으로 독학을 통해 6개국의 말을 통역 없이 할 수 있었다고 하니 매우 똘똘한 분이었던 모양이다.

이 분은 프랑스로부터 멕시코를 독립시킨 멕시코의 영웅으로서 1858년부터 1872년까지 대통령을 지내었다. 미국의 아브라함 링컨에 견주어지는 인물이다.

오늘날 이 도시는 인디언 문화와 정복자들의 식민지 문화, 그리고 현대 문화의 세 문화가 어우러져 있지만, 기원 전 약 8,000년 전부터 이곳에 사람이 살기 시작했다고 한다.

자포텍 인디언들은 3세기부터 7세기까지 자포텍 문명을 꽃 피웠는데, 밀타(Milta)에 근거지를 둔 믹스텍 인디언들이 7세기 경 이곳을 정복한 이후, 이때부터 자포텍과 믹스텍 간의 오아하카 계곡을 얻기 위한 싸움이 15세기 말까지 계속되었다고 한다.

15세기 말경 아즈텍(Aztec)이 다시 이곳을 정복하고, 곧 이어 1529년 스페인의 헤르만 꼬르테스(Herman Cortes)가 이곳을 정복하였다.

멕시코 역사에서는 자포텍-믹스텍-아즈텍 등 '~텍'자 들어가는 인디언 부족들이 등장한다.

여기에서 '~텍'이란 그 뿌리말이 '돍〉닭/돎'이다.

'돍〉닭/돎'은 '득〉닥/독/둑'과 '돌〉달/돌'로 분화되는데 본디 '돌산'을 뜻하는 말이다가 나중에는 '돌'과 '산'이라는 뜻으로 그 의미가 분화 발전한 말이다.

터키와 중앙아시아 지역에는 높은 산을 뜻할 때 '닥흐'라는 말을 쓰고, 일본에서는 '다께'라는 말을 사용하는데, '닥흐'나 '다께'나 다 '돍'에서 분화된 말로서, 우리말에서 '언덕, 둔덕, 뚝'이라 할 때의 '덕/뚝', '아사달'이라 할 때의 '달'과 같은 무리의 말들이다.

이들 멕시코 인디언들의 부족 이름에 쓰인 '~텍' 역시 '산'을 가리키는 말들이었을 것이다.

어떤 산을 근거지로 삼은 부족들이 스스로 그런 이름을 붙인 것으로서, 같은 동이족이지만 우리나라 삼국시대처럼 영토를 놓고 서로 분쟁한 것으로 볼 수 있다.

21. 오아하카, 우리나라 경주와 같은 곳

곧, 우리식으로 보면, 자포텍은 태백산 족이고, 믹스텍은 지리산 족이고, 아즈텍은 백두산 족인 셈이다. 나라로 따진다면, 신라, 백제, 고구려인 셈이다.

참고로 '아즈텍'이 우리 신화에서 나오는 단군이 도읍한 '아사달'이라고 주장하는 이도 있다. 곧, '아즈'는 '아사/아시' 따위와 같은 말로서 '해', '동쪽', '아침'이라는 뜻이고, '~텍'은 '산'이라는 뜻으로 우리말의 '달'과 같은 무리의 말이기 때문이다.

어찌되었든 이 도시 오아하카에서는 자포텍 출신의 후아레츠 대통령이외에 잘 알려진 또 다른 대통령을 배출하였는데, 그는 믹스텍 출신의 포르피리오 디아즈(Porfirio Diaz)이다.

디아즈는 군 출신으로서 1876년에 멕시코 대통령이 되었는데, 독재를 하였으나 철도, 제조업, 석유 산업의 발전 등이 이 때 이루어졌다.

두 명의 유명한 대통령을 배출하였던 까닭에 오아하카 사람들은 다른 어떤 도시보다도 자부심이 높다.

지도를 보며 조금 걷다 보니 오른 쪽 옆으로 공원이 보인다.

지도상에 있는 플라자 프린시팔(Plaza Principal)인가 싶어 지나가는 사람에게 물어보니, 자기네들이 제일 존경하는 대통령 이름을 딴 베니토 후아레츠 공원이라고 한다.

물어물어 포사다 델 센트로 호텔에 도착하니 시간은 10시밖에 안 되었다.

12시쯤 되면 방으로 들어갈 수 있다는 말에 짐을 맡겨 놓고 거리 구경을 나섰다.

22. 조칼로 공원의 축제

2001년 7월 21일(토)

호텔을 나서 제일 먼저 간 곳이 플라자 프린시팔(Plaza Principal)
이다. 시내 한 가운데 있는 공원이라서 그런 이름이 붙은 모양인데 멕시
코 인들은 조칼로 공원이라고 부른다.

공원의 분수대에는 돌로 된 현대 조각이 있는데 아름답다.

멕시코가 비록 경제적으로는 우리나라보다 낙후되었지만. 조각, 그림
등의 문화는 무척 발달한 곳이다. 유적이 풍부하니 곳곳에 박물관이 있
는 것은 그러려니 하더라도, 현대 미술품을 진열해 놓은 미술관뿐만 아
니라 조각 등이 도시마다, 공원마다 설치되어 있음을 볼 때, 멕시코는
문화 강국이다.

조칼로 공원의 한쪽에는 역시 오래된 시 성당이 있고 다른 쪽에는
관청이 있으며, 다른 한 쪽에는 음식점들이 있고 그 뒤로는 시장이 형성

오아하카: 거리의 축제 행렬

오아하카: 거리의 축제 행렬

되어 있다.

　오아하카 시 성당인 대성당(Cathedral)은 지진에 의해서 비록 많은 부분이 손상되었지만, 이곳에서 나오는 화산석인 녹색의 돌로 지은 것으로서 1563년에 시작하여 2세기에 걸쳐 완성된 건물이다.

　건물 외관은 바로크 장인의 걸작품임을 보여 주며, 성당 안에 있는 나무로 만든 시계는 스페인 왕의 하사품이라 한다.

　또한 공원에는 관광객을 비롯한 많은 사람들이 북적이고 있으며 음식점에도 사람들이 많다.

　한 음식점에 들어가 점심을 맛있게 먹고 호텔로 돌아와 낮잠을 한숨 잔다.

3시쯤 일어나 다시 시내로 나와 화려하기로 유명한 산토 도밍고 교회(Santo Dmingo Church) 쪽으로 가는데, ~와아~ 웬 사람들이 이렇게 길거리에 몰려 있는지……. '축제의 도시'라는 별명답게 소란스런 길 한가운데로는 화려한 축제 행렬이 지나가고 있는 것이다.

미국의 트리플 에이(AAA)에서 발간한 관광 안내 책자에는 이스터 데이(Easter Day)와 7월, 11월, 12월에 축제가 있으며, 이때는 미리 방을 예약하지 않으면 방 구하기가 힘들다고 쓰여 있는데 아마도 7월에 벌이는 그 축제인 모양이다.

맨 처음 눈에 띠는 게 구엘라궤차(Guelaguetza) 행렬이다.

구엘라궤차는 '공양(供養)'이라는 의미인데, 화려한 장식으로 치장된

오아하카: 거리의 축제 행렬

22. 조칼로 공원의 축제

오아하카: 거리의 축제 행렬

각 지역의 옷을 입고, 노래와 춤을 추며, 춤이 끝난 후 빵, 과일 등을 관중에게 던져 주는 유명한 축제이다.

이는 7월 하반기의 두 월요일에 이루어지는데 7월 23일인 내일 모레가 바로 이 축제가 열리는 날이어서 기대를 하지도 않았는데, 아마도 전야제인지 연습인지 이를 길거리에서 보게 되어 너무나 즐겁다.

다양한 의상으로 몸을 감싸고 퍼레이드를 벌이는 도중 춤을 추고 노래를 부르는데 참으로 볼 만하다.

그 다음으로는 여러 가지 가면을 쓴 사람들이 퍼레이드를 하면서 춤을 춘다. 소의 가면을 쓴 사람과 그것에 대항하는 사람들과 서로 쫓고 쫓기는 연극 비슷한 춤도 있고, 사람 키의 두 배가 넘는--사실은 어깨 위에 한 사람이 더 있다-- 가면을 쓰고 퍼레이드를 하는가 하면, 머리에 꽃을 이거나 꽃으로 장식된 항아리 형 화관을 쓰고 벌이는 퍼레이드 등 매우 다양하다.

　　사람들은, 춤을 추는 사람들이나 구경을 하는 사람들이나, 모두 즐거워한다.

　　역시 오아하카는 축제의 도시이고 매력이 있는 도시이다.

　　이곳에 오길 정말 잘 했다.

22. 조칼로 공원의 축제

23. 아름다운 피라미드, 시간은 흘러도

2001년 7월 22일(일)

오늘은 일요일이니까 유적지나 박물관이 공짜다.

그래서 몬테 알반(Monte Alban)의 피라미드를 오전 중에 보기 위해 시간에 맞추어 새벽에 시외버스 정류장에 가보니, 시간이 한 30분 남는다.

무엇인가를 먹으려고 둘러보니 가게에서 우리나라의 컵 라면을 파는 게 아닌가!

반갑고 고마운 마음으로 컵 라면으로 배를 채운 후 버스에 올라타고

북쪽 신전, 천문대, 그레이트 플라자

몬테 알반으로 향한다.

가는 길은 꼬불꼬불하여 자칫 잘못하면 버스가 벼랑으로 구를 것 같다. 저 멀리 벼랑 저 너머로 오아하카 시가 보이고.

꼬불꼬불한 산길을 거쳐 약 30분이 안 되어 도착한 곳이 몬테 알반(Monte Alban)이라는 산이다. '

몬테'는 '산'을 뜻하는 말이므로 우리말로는 알반 산인 셈이다.

비록 햇빛은 쨍쨍했으나 바람이 시원하고 선선하여 아주 좋은 날씨였다.

산꼭대기에는 피라미드들이 모여 있는데, 이들은 하나의 피라미드를 제외하고는 남북을 축으로 정확하게 정렬되어 있다.

그레이트 플라자 피라미드의 신전 내부

23. 아름다운 피라미드, 시간은 흘러도

그레이트 플라자의 신전 일부

제외된 하나의 피라미드는 천문대로서 남북의 축에서 약간 벗어나 있는데, 그 이유는 별들의 운행에 맞추어 계절을 예측하기 위해서였기 때문이라고 한다.

남쪽과 북쪽 끝에는 꼭대기가 평평한 플래트홈(platform)이라고 부르는 엄청나게 큰 피라미드(내가 보기에는 피라미드이다)가 있고 그 위에는 또다시 피라미드가 있다.

또한 동, 서쪽에도 플래트홈이 피라미드처럼 세워졌는데, 이들 4개의 플래트홈 위 부분은 전부 돌을 깎아내어 평평하게 만든 것이라고 한다.

곧, 이들 플래트홈 가운데에는 동서로 약 200미터의 너비에 남북으로 약 300미터 정도의 길이로 이루어진 그레이트 플라자(Great Plaza)

그레이트 플라자의 신전 기둥

가 있고 그 가운데로 몇 개의 피라미드들이 있으며, 좌우로는 그러니까 동, 서쪽으로는 역시 큰 피라미드들이 남북을 축으로 세워져 있다.

입구는 북동쪽에서 들어가 왼쪽에 있는 동쪽의 피라미드와 오른쪽에 있는 북쪽의 플래트홈을 보면서 시작하여 남쪽을 향하여 가다 보면, 왼쪽으로는 동쪽의 피라미드들을, 오른쪽으로는 가운데 있는 피라미드들을 보면서 가도록 되어 있다.

이들 대부분의 피라미드들은 신전으로 사용된 것들이라 한다.

입구에서 산을 약간 오르니 이들 피라미드들이 눈에 보이는데 참으로 장관이다.

이들 중 일부는 기원전 600년경부터 자포텍 인디언들에 의해 몬테 알반에 세워지기 시작하였는데, 한창 때인 서기 300년엔 이곳에 40,000 여명이 거주하였다 한다.

그러다가 10세기경에 믹스텍(Mixtecs)에 의하여 멸망하였으며 침입 자들은 이곳을 거침없이 무덤으로 사용하였다고 한다.

한편, 이들 믹스텍인들은 다시 아즈텍(Aztec)에 의해 정복되었고 그 이후 이곳은 폐허로 남게 되었다 한다.

감탄을 하며 사진기를 누르는데, 어떤 사람이 앉아 있다가 배낭을 풀 며 자기는 인디언인데 자포텍 유물이라며, 흙으로 만든 토용(土俑)을 내 놓으며 100페소라고 사라고 한다.

안 산다고 하니 깎아주겠다고 50페소를 외친다. 50페소(6달러: 약

몬테 알반의 신전 중 하나

8,000원)를 주고 토용을 두 개 산다.

틀림없이 모조품일 가능성이 크다.

그렇지만 저 사람은 그것으로 생계를 이어가고 있는 것이다.

모조품이라도 그냥 기념품이라 생각하면 되지 않을까?

다른 사람 하나가 다시 와서는 항

신전 코너의 그림 조각

아리를 보여 주는데 항아리의 겉 부분에 붙여 놓은 조각이 아름답다.

역시 자포텍 유물이라는데 값을 물어보니 1,000페소(약 115달러: 약 15만원)란다.

모조품인가 묻자, 진짜라고 하며 모조품을 보여 준다.

사 가지고 가 학교 박물관에 기증할까 생각해 보았으나, 공항에서 반출할 때 말썽이 생길 수도 있고, 앞으로 약 한 달 동안 더 여행을 해야 하는데 가방(벌써 꽉 차서 쑤셔 넣을 곳이 없다)에 넣어 끌고 다니기도 힘들고…….

23. 아름다운 피라미드, 시간은 흘러도

아쉬움을 남기며 앞으로 길을 재촉했다.

버스가 되돌아가는 시간까지 우리가 돌아다닐 수 있는 시간은 2시간 밖에 안 되어 부지런히 돌아보지 않으면 제대로 다 보지 못할 것 같다.

오늘은 일요일이라서 박물관 역시 돈을 받지 않는다.

문화정책 하나는 맘에 든다.

박물관은 입구의 매표소 옆에 있는데, 그 곳에서 출토된 인골들과 항아리, 돌에 새겨진 그림들 등 볼 만한 것이 많다. 시간이 많이 남아 있질 않아 대충대충 보고 버스에 오른다.

언제나 '시간의 노예'에서 벗어나려나!

인간은 대부분 시간에 종속되어 있다. 특히 현대인은 더욱 그러하다. 여유가 없는 것이다.

시간을 부리며 살 수 있으면 좋으련만 시간처럼 막무가내인 것은 없다. 도대체 사람 사정을 봐 주지 않는 것이 시간이니 어쩔 도리가 없다.

그나마 그러한 시간을 아껴 쓴답시고 계획을 짜고 그것에 맞추어 행동하는 것이 최선일 터인데, 바로 그것이 사람을 시간의 노예로 만드는 것 아닌가?

24. 산토 도밍고 성당의 축제, 데킬라!

2001년 7월 22일(일)

산토 도밍고 성당(Leglesia De Santo Domingo)은 멕시코에서 볼 수 있는 가장 경이로운 성당 중의 하나이다.

이 성당은 16세기 도미니카인들이 세운 것으로서 내부의 치장이 사치의 극을 달린다.

금으로 도금된 벽면의 나무 잎사귀들, 금으로 만들어 놓은 것 같은 측실들, 어떻게 말로 표현할 수 없을 정도로 화려한 무늬와 조각으로 장식된 천장 등이 볼 만하다.

한마디로, 아예 금으로 도배를 했구나!

산토 도밍고 성당 옆에는 옛날에 수도원으로 썼던 건물이 있는데, 현재 박물관으로 쓰고 있는 산토 도밍고 문화 센터가 있다.

산토 도밍고 문화 센터 역시 무척 화려하다.

당시 왕성했던 교회의 권력을 느낄 수 있다.

성당을 보고, 박물관에 들어가 보니, 온갖 값진 보석과 선사 시대부터의 유물들이 엄청 많이 전시되어 있고, 이곳 출신 대통령들이 쓰던 유물들도 전시되어 있다.

어찌나 넓은지 한 바퀴 돌고 나오니 배도 고프고 다리도 아프다.

이곳 음식이 잘 맞지 않아 식사가 늘 골치였는데 오늘은 해산물로 된 저녁을 아주 잘 먹었다.

여행 안내소에서 관광 안내를 받을 때 자원봉사자에게 맛있는 해산물 음식점을 소개해 달라고 하여 그 위치를 기억하였다가 찾아갔는데,

음식이 비위에 거
슬리지 않고 제법
맛이 있다.

무엇인지도 모
르고 시켰는데 접
시 위에 문어, 새
우, 생선 등을 혼
합해 놓은 요리이
다.

먹어보니 아주
맛이 있다.

저녁을 잘 먹은
후, 다시 산토 도
밍고 교회 쪽으로
갔더니 벌써 무대

산토 도밍고 성당

위에서는 음악과 춤이 어우러져 있다. 무대 밑의 객석에는 사람들이 앉
아서 박수와 환호를 보내고 있고.

조명 등 아래에서 춤을 추고 노래를 하고, "구엘라궤차!"를 외치면서
바구니에 든 빵과 과일을 던져 준다.

무대 위에서 한바탕 축제가 끝난 후, 이번에는 손님들 보고 올라와
춤을 추란다.

무희와 청중이 한데 어우러지는 것이다.

주내는 캠코더로 이를 찍으면서 나보고 나가라 한다.

118

산토도밍고 성당의 천장

한국인을 대표하여 무대 위로 올라가 리듬에 맞추어 저들의 춤을 흉내 내는데, 뚱뚱한 전형적인 멕시코인이 술통을 들고 소주 잔 같은 잔을 들고 와서 한 잔씩 따라준다.

축제에 어찌 술이 빠질 수 있으랴!

데킬라를 2-3리터짜리 플라스틱 물통에 넣고 춤추는 사람들에게 권하는 것이다.

남자 여자 할 것 없이 한 잔씩 받아 마시며 춤을 추고 함께 즐기는데…….

역시 함께 어울리는 것은 참 좋은 일이다.

평소에는 데킬라를 별로 좋아하지 않았지만 땀을 흘리며 마신 한 잔의 독한 데킬라 맛은 그야말로 황홀했다.

아마도 일생 중 잊을 수 없는 술맛이리라.

청중과 함께 어울리는 것은 우리와 똑 같다. 함께 기쁨을 나누고, 음

24. 산토 도밍고 성당에서의 축제, 데킬라!

식을 나누고, 그 흥청대는 분위기에 그 누가 반하지 않겠는가?

낭만과 정열의 나라, 멕시코여!

오아하카 / 몬테 알반

25. 오아하카 박물관에서 로댕을 만나다.

2001년 7월 22일(일)

오전 중에 몬테 알반(Monte Alban)의 피라미드를 보고 돌아와 시내에서 점심을 먹고, 몬테 알반의 7호 무덤에서 나온 유물들을 보기 위해 현재 박물관으로 쓰고 있는 산토 도밍고 성당 옆에 있는 산토 도밍고 문화센터를 찾았다.

산토 도밍고 성당 옆에 있다는데 그 입구를 찾지 못하여 담장을 따라가다 보니 한 바퀴 휘 돌았다.

돌아와 보니 정말 바로 옆에 입구가 있었는데…….

인생도 이와 같다. 뻔히 알고 있는 것 같으면서도 결국은 빙글빙글 돌고 돌아야 목적지에 도착하는 것만큼은.

옛 수도원 자리라서 그런지 엄청 크다. 한 바퀴 도

박물관 입장

25. 오아하카 박물관에서 로댕을 만나다.

박물관의 분수

산토 도밍고 문화센터

오아하카 / 몬테 알반

122

로댕의 작품

새부리 슬잔

25. 오아하카 박물관에서 로댕을 만나다.

는 데도 시간이 꽤 걸린다.

박물관은 산토 도밍고 문화 센터(Centro Cultral Santo Domingo)로 이름 부쳐져 있는데 오늘이 일요일이라서 입장료는 무료이지만, 비디오 찍는 캠코더는 철저하게 돈을 받는다. 돈을 내지 않으려면 들어갈 때 맡기고 들어가야 한다.

그런데, 이게 웬 일인가?

박물관 일층에 들어서자 '로댕의 생각하는 사람'을 위시하여 수많은 조각들이 전시되어 있는 것이다.

프랑스로부터 로댕의 작품들을 빌려와서 특별 전시하고 있는 것이다.

멕시코에서, 오아하카의 박물관에서, 로댕을 만날 줄이야!

로댕의 작품은 까만 색깔의 금속 조각뿐만 아니라 흰 백색의 대리석 조각들로 구성되어 있는데, 정말 수작들이다.

그가 위대한 것은 그의 작품들을 보면 알 수 있는데, 뛰어난 관찰을 바탕으로 돌 위에 묘사된 입체성이 그의 천재성을 느끼게 해 준다.

또한 로댕의 작품 가운데 의외로 성(性)을 다룬 작품들이 많다는 것을 알았다.

한편, 이층에는 선사시대 때부터의 인디언 유물들이 전시되어 있는데, 세 발 달린 항아리며, 도깨비 얼굴의 신(神)이며, 새부리 모양의 술잔 등이 동북아시아의 문화와 연관이 있었음을 암시한다.

세 발 항아리

발이 셋 달린 솥이나 항아리는 신성한 왕권을 상징하는 것으로서 우리나라나 중국에서도 흔히 볼 수 있는 것들이고, 도깨비 얼굴의 신을 조각한 것은 신라 시대의 귀면와(鬼面瓦)와 너무나도 닮았다는 느낌이 든다.

새를 토템으로 하는 민족의 정서를 느낄 수 있는 새부리 모양의 술잔도 어디선가 국내 박물관에서 본 듯 친근감이 든다.

도깨비 얼굴 신

오아하카 / 몬테 알반

해와 경주하는 그림

또한 우리의 옛 전설에 나오는 '해와 경주하는 과보'의 이야기가 그대로 재현되어 있는 그림 조각은 이들과 우리 옛 문화와의 연관성을 짙게 암시한다.

참고로 과보는 동이족의 영웅이다. 발이 빨라 어느 날 해와 누가 더 빠른지 경주를 하였다는 전설이 있다.

아마도 이 전설이 그대로 이 그림에 투영되어 있는 것이다.

만약 이들의 민속과 옛 전설 등을 채집한다면, 우리와 더 많은 공통점을 찾아볼 수도 있을 것이리라.

고고인류학이 전문이 아니니 이럴 때는 조금 답답하나 어찌하겠는가? 그냥 보고 갈밖에.

25. 오아하카 박물관에서 로댕을 만나다.

26. 오아하카 축제 구엘라궤차, 표 없이 보는 방법

2001년 7월 23일(월)

멕시코는 정열의 나라, 낭만의 나라이다.

음악을 좋아해서 거리에는 늘 춤과 노래가 있다.

거리의 악사들이 악기를 연주하고 무희가 빙빙 돌면, 주변에는 관중들이 모여 있기 마련이다.

춤도 파인애플 춤, 투우 춤, 왈츠 비슷한 춤 등등 가지각색 다양하다. 민속 의상이 다양한 것은 물론이다.

이러한 모든 것들을 모아 놓은 것이 구엘라궤차(Guelaguetza) 축제

거리의 악사

이다.

구엘라궤차는 '공양(供養)'이라는 의미인데, 화려한 장식으로 치장된 각 지역의 민속 옷을 입고, 노래와 춤을 추며, 춤이 끝난 후 빵, 과일 등을 관중에게 던져 주는 유명한 축제이다.

이는 7월 달 하반기의 두 월요일에 이루어진다.

오아하카에 온 관광객들은 대부분 구엘라궤차를 보기 위해 온 것이라 해도 과언이 아니다.

우리는 구엘라궤차를 보기 위해 오아하카에 도착한 날인 7월 21일 저녁 무렵 조칼로 공원의 여행 안내소에서 7월 23일(월요일)의 표를 구하려고 하였으나 표를 구할 수가 없었다.

표 값은 일인당 350페소(약 40달러)인데, 예약을 하지 않았기 때문에 표를 살 수가 없다는 것이다.

우리 돈으로 일인당 52,000원 정도이니 멕시코의 싼 물가를 생각할 때 입장료가 만만한 것이 아니다.

값이 비싼 것은 차치하고 웃돈을 주고라도 표를 구하려 하였으나 결국 구하지 못하였다.

호텔에 돌아와 프론트에 있는 주인에게 표를 구할 방도가 없는지 물어보니, 의외로 그냥 들어갈 수 있단다.

그게 무슨 말인가 했더니, 10시부터 공연이 시작되는데, 표를 구하더라도 새벽 5시부터 입장을 시키기 때문에 일찍 가서 기다리지 않으면 좋은 자리(앞자리)에 앉을 수 없다는 것, 그리고 공연이 시작되면, 곧, 10시쯤 되면 표 없이도 사람들을 입장시켜 주니 들어가 서서 보면 된다는 것이다.

26. 오아하카 축제 구엘라궤차, 표 없이 보는 방법

구엘라궤차! 사람들도 많아라.

이 말에 희망을 걸고 월요일 아침 주내와 함께 북쪽 언덕 위를 오르기 시작했다.

공연장은 공설 운동장 같은 노천극장인데 언덕 위에 있다.

언덕을 빙 돌아가는 포장된 도로에는 경찰들이 나와 교통정리에 바쁘고, 언덕을 오르는 길 양 옆 산등성이 약 1km에는 밀짚모자 장사, 수공예품 장사, 먹거리 장사들이 천막을 치거나 맨 땅에 앉아 손님을 끌고 있고, 언덕을 오르는 사람들이 북적거리고 있다.

날씨는 벌써 더워져 땀은 나는데, 사람들에 부대껴 언덕 오르기가 힘이 들 정도이다.

사람들을 따라 한참 올라가니 오아하카 시내가 발아래 보이는 노천극장에 다다랐다.

밀고 밀리면서 문 앞으로 가니 마침 지키던 경찰관들이 문을 연다.

다른 사람들에 떠밀려 들어가서 주내를 찾으니, 주내는 막 문을 닫으려고 하는 경찰관 바로 앞에서 들어오지 못하고 서 있는 것이 눈에 보였다.

"여보, 여보!"하면서 손짓을 한다.

경찰관이 알아보고 다행히 주내까지 입장시켜 준다.

잘못하면 이산가족이 될 뻔했다.

표 없이 들어오긴 했는데 사람이 너무 많다.

공연장은 무지무지하게 큰 노천극장인데 좌석은 꽉 차고, 좌석 뒤도 사람들이 이중 삼중으로 겹겹이 서 있어서 보기가 쉽지 않다. 아마도 10만 명도 더 되는 인파인 것 같다.

경찰관들은 서 있는 사람들까지 계산하여 문을 열어 사람들을 넣어 주고, 막고 하는 모양이었다.

우리가 간신히 들어온 다음에도 사람들은 문 앞에 몰려 서 있다.

사람들 사이로 내려다보니 저 밑으로 공연하는 것이 보인다.

벌써 시작된 모양이다.

'ㄱ'과 'ㄴ'을 아래위로 이어 붙여 꺾은 모서리에 거울이 달린 임시 망원경을 파는 사람들이 대목을 만났다.

1시간쯤 가끔 캠코더로 녹화하면서 구경을 하는데 날씨는 덥고 뙤약볕에 서 있기도 피곤하다.

춤추고 노래하는 것도 저 멀리 조그맣게 보이는데 그 내용도 엊그제 산토 도밍고 성당 앞 거리의 축제에서 본 춤들이다.

사람들이 제일 열광하는 것은 역시 춤보다도 춤이 끝난 다음 그들이 바구니를 들고 나와 던져 주는 선물들이다.

공짜를 좋아하는 것은 멕시코인도 다를 바 없다.

구엘라궤차라는 말이 '공짜로 준다'는 말 아니던가! 그래서 인기가 있는 모양이다.

사실은 돈을 왕창 내고서 무희들이 던져주는 빵이나 과일을 하나 간신히 받고서는 너무너무 기뻐하다니…….

입장료로 빵이나 과일을 사면 아마 한 가마니도 넘게 살 수 있을 것인데…….

돈을 돈으로만 따진다면 이 말이 맞다.

그렇지만 그 뜨거운 햇볕 속에서 기다리다가 무희들이 던져주는 빵과 과일을 받았다는 기쁨이 그 돈을 상쇄시킨다.

참 아이러니하지만, 그게 우리의 삶인 것이다.

돈을 돈으로만 따지지 않는 것. 우매한 듯하면서도 현명한 삶이 아닐까?

12시 조금 넘어 더 이상의 관람을 포기하고 밖으로 나와 호텔로 돌아오니 텔레비전에서는 구엘라궤차 공연을 아직도 중계하고 있다.

시원한 그늘에 앉아 주스를 마시며 텔레비전을 보는 것이 더 나은 것 같기도 하다.

그러나 사람 마음이라는 게 북적거리는 사람들 틈새에서 땀을 흘리며 직접 육안으로 보는 것에 더 가치를 두는 것이다.

어쩌면 고생을 사서 하면서 그것에 가치를 부여하는 게 인간 아닌가?

오전 10시에 시작한 공연은 오후 1시가 훨씬 지나서야 끝났다.

오아하카 / 몬테 알반

히에르베 엘 아구아 / 미틀라 / 툴레 / 오아하카 편

27. 깊은 산속 너럭바위 위의 수영장

2001년 7월 24일(화)

바위 위에서 샘이 솟는 그리고 그 물이 벼랑 밑으로 떨어져 흐르니까 폭포라고 해야 하겠지만, 그 수량이 많질 않아 폭포라고 부르기에는 조금은 민망한, 그렇지만 경치가 끝내주는 히에르베 엘 아구아(Hierve el Agua)라는 곳을 갔다가 되돌아오는 길에 미틀라의 피라미드와 툴레의 나무를 보는 것이 오늘 일정이다.

히에르베 엘 아구아는 오아하카 남서쪽에 있는데 교통편이 썩 좋은 것은 아니지만, 경치가 볼 만한 곳이기에 이곳과 미틀라 유적지와 툴레를 묶어 하루 관광을 하는 것이 좋다.

아침에 버스를 타고 히에르베 엘 아구아를 보러 간다.

산길을 아슬아슬하게 달려 세 시간 만에 도착하여 보니, 관광지치고는 한쪽 편으로 오막살이 판잣집들만 주욱 늘어서 있을 뿐이고, 앞으로는 첩첩이 산들만 보인다.

판잣집들은 음식과 관광 상품을 파는 곳들인데, "금강산도 식후경이다." 싶어 우선 사람들이 제일 많은 곳을 찾아 들어갔다.

옆에 앉은 사람들을 보니 닭국을 먹는데, 괜찮을 것이라는 생각이 들어 두 그릇을 시켰다.

물론 "노우! 실란트라" "노우! 굴란트라"라는 말을 외치며 두 팔로는 크게 X자를 해 보이면서 말이다.

두 팔로 크게 X자를 하는 것은 내가 팔이 뻐근하여 체조삼아 하는

것이 아니다.

앞에서 말했듯이 이곳에선 영어가 통하지 않는다.

'노(No)'와 '예스(Yes)'도 모르는 사람이 거의 대부분이다. 원(one), 투(two), 쓰리(three)는 물론이고.

그러니 식사 때마다 팔 운동을 해야 하는 것이다.

이곳에서는 음식에 베트남 등 열대 지방에서 사용하는 향기 나는 풀을 넣는다.

여기에서는 굴란트라 또는 실란트라라고 하는데, 그 맛은 경상도 지방에서 쓰는 고수나 방하와 비슷하다.

이 맛에 중독된 사람들은 이 풀이 빠지면 몹시 섭섭해 한다.

그러나 우리처럼 이에 익숙하지 않은 사람들은 입에 대지 못할 정도로 향기가 진하다.

이른 바, 맛이란 입에 맞아야 하는 법이다.

입에 맞으려면 익숙해 져야 한다.

처음 먹는 음식은 익숙하지 않아 그 맛을 느끼지 못하는 경우가 대부분이다.

서양 사람들이 김치 냄새에 코를 감싸기도 하지만, 몇 번 먹어보면 거기에 길들여져 김치에 중독되는 것과 마찬가지이다.

우리도 언젠가 이 향초에 익숙해지면, 악을 쓰며 팔을 휘두르는 맨손 체조를 그만 둘 날이 올지도 모른다.

그렇지만, 아직은 아니다. "노우! 실란트라!, 노우! 굴란트라!"

"아는 만큼 보인다."는 것은 유홍준의 말이고, "익숙한 만큼 맛을 느낀다."는 것은 내 말이다.

히에르베 엘 아구아 / 미틀라 / 툴레 /오아하카

멋도 마찬가지이다. 익숙해지면 예뻐 보이는 법이다.

그래서 나이 들면, 못생긴 마누라도 그렇게 예뻐 보이는 모양이다.

다행히 실란트라라는 향초(香草)를 빼고 닭다리가 하나씩 들어 있는 닭국을 얻었다.

이번엔 "쌀, 쌀!"하면서 소금을 달래 닭다리에 소금을 찍어 하나씩 뜯으니 참으로 맛있다.

참고로 '쌀'은 우리의 주식인 쌀이 아니고, '소금'을 뜻하는 스페인 말인 것은 눈치 빠른 사람은 잘 알 것이다.

늙으면 쓸데없는 걱정만 는다더니-.

이곳에서 파는 닭들은 양계장에 가두어 놓고 기른 닭이 아니라 제멋

히에르베 엘 아구아 가는 길의 선인장

27. 깊은 산속 너럭바위 위의 수영장

히에르베 엘 아구아: 너럭바위 위의 수영장

대로 돌아다니며 운동을 충분히 한 토종닭이어서 그런지 졸깃졸깃한 것
이 맛이 아주 그만이다. 닭 국물도 시원 담백하고.

점심을 닭국으로 때운 뒤 밑으로 난 길을 따라 내려가 보니 옆 산등
성이에는 선인장들이 숲을 이루고 있다.

우리나라에서는 볼 수 없는 진기한 광경이라서 사진을 한 장 찍고
계속 내려가니 갑자기 눈앞에 커다란 너럭바위[盤石]가 나타나는데, 이곳
저곳에 수영장만한 못이 있고 파란 물이 고여 있다.

물은 광물질이 섞였는지 약간 끈적거리는데, 산꼭대기 바위 위로 솟
아오르는 물인 것이다.

산 정상의 너럭바위 위에 샘이 솟다니 신기하기만 하다.

사람들은 저쪽 산비탈에 있는 별장 같은 탈의실에서 수영복을 갈아 입고 물속에서 수영을 즐긴다.

이런 줄 알았다면, 수영복을 들고 오는 건데-.

그곳을 지나 5-6백 미터 정도 숲길을 따라 나아가니 이곳에는 엄청 큰 벼랑바위가 있다.

이곳에서 아까 본 너럭바위를 보니 바위 밑으로 흐르는 물이 바위를 녹여 주름이 진 것이 마치 코끼리의 코를 보는 듯하다.

이곳에서 보는 경치는 정말 아름답다.

물론 이 벼랑바위 위에서도 샘이 솟는데 샘 주위로는 울타리를 쳐 놓았다.

히에르베 엘 아구아: 너럭바위 위의 샘과 사람들

27. 깊은 산속 너럭바위 위의 수영장

히에르베 엘 아구아의 벼랑: 저 벼랑 위에 샘이 솟는다.

히에르베 엘 아구아 / 미틀라 / 툴레 /오아하카

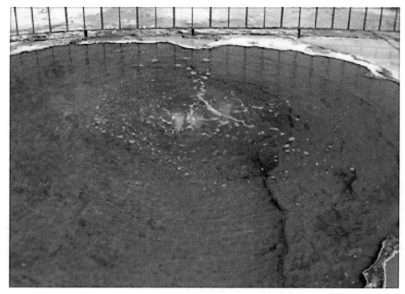

벼랑바위 위의 샘: 보골보골 샘이 솟아오른다

울타리 안을 들여다보면 직접 샘이 솟아오르는 것을 볼 수 있다.

조그만 구멍으로 보골보골 물이 흘러나온다. 신기하다.

샘을 영어로 왜 spring이라고 하는지를 눈으로 직접 느낄 수 있다.

벼랑이 있는 바위 밑으로 난 길을 따라 걷다보면 너럭바위 밑으로

이어진다.

이 길을 따라 돌아 올라가면 닭국 먹은 곳이 나온다기에 조금 걷기

로 했다.

약 1시간 남짓 걸린다.

숲을 따라 내리막길을 조심조심 내려가서 위를 쳐다보니 벼랑이 까

마득하다.

27. 깊은 산속 너럭바위 위의 수영장

그곳으로 떨어지는 물을 몇 방울 맞으면서 사진을 찍는다.

벼랑 밑을 돌아 너럭바위 밑으로 가니 너럭바위는 경사가 완만하다.

길옆에는 선인장들이 열매를 맺고 있다.

선인장 열매는 맛이 달콤한데, 조그맣지만 딱딱한 씨가 입에 걸려 먹기가 참 불편하다.

그렇지만 주내는 며칠 전 시장에서 먹어 본 선인장 열매에 맛을 들인 모양이다. 그렇지 않아도 갈증이 나는데―.

선인장에 달려 있는 빨간 열매를 보니 먹고 싶은 모양이다.

따달라고 조르기에 간신히 하나 따기는 했는데 보드라운 털과 같은 선인장 가시가 손가락을 찌른다.

아무리 눈으로 보아도 잘 보이지는 않고, 잘 빠지지도 않고, 가만히 있으면 괜찮은데 어디엔가 닿기만 하면 따끔거린다.

싱싱한 열매를 맛보여 주려다 아주 혼이 났다.

봉사가 쉬운 게 아니다.

히에르베 엘 아구아 / 미틀라 / 툴레 /오아하카

28. 유적은 인간 허욕의 잔재일 뿐!

2001년 7월 24일(화)

히에르베 엘 아구아에서 되돌아 나오는 버스를 타고 미틀라(Mitla)에 내려 유적지를 물어 보니 한 쪽을 가리키는데 피라미드 같은 것은 안 보인다.

그냥 시골 동네 길 같은 곳을 따라 죽 걷다 보니 다리가 나오고, 그곳에서 노인네를 붙잡고 또 물어보니 그 다리를 건너 왼쪽으로 조금만 가면 나온단다.

유적지에 가까워지니 가게들이 보인다.

미틀라 궁의 기하학적 무늬

유적지에 도착하기에는 버스 정류장으로부터 한 20분 정도 걸어야 했다.

미틀라는 오아하카의 남동쪽으로 42km 정도 떨어진 곳인데 기원 전 800년 전부터 자포텍이 거주하던 곳으로서 1,000년 후 믹스텍이 거주하였다 한다.

미틀라 궁의 기둥

이곳은 정복될 때까지 종교와 의식의 중심지였는데, 미틀라 유적지의 지하 묘지(catacomb)를 상징하듯이 자포텍은 이 도시를 휴식의 도시(place of rest)라 불렀고, 믹스텍은 주검의 도시(place of dead)라고 불렀다.

지하 묘지에는 50-60 구의 시신이 안치되어 있다고 한다.

이 도시는 자포텍 인디언이 건설하기 시작하여 믹스텍 인디언이 완성한 것으로 추정된다.

대부분의 건축들은 믹스텍 양식으로서 궁전 또는 병영으로 쓰였는데, 이들 건물들 중에는 6개의 통돌로 된 기둥들이 있는 홀(Hall of

Columns)이 있고, 10만개의 돌 조각으로 꾸민 무늬가 벽면을 장식하고 있어 기하학적으로도 무척 아름답다.

지그재그 무늬를 비롯하여 여러 가지 무늬들이 벽면에 진흙과 돌로 장식되어 있는데, 이러한 무늬들은 이 지역의 특산물인 인디언들이 짜서 파는 담요의 무늬와 같다. 특색은 사람이나 동물 또는 식물 등의 무늬가 전혀 없다는 것이다.

한편, 궁전 앞마당에는 인디언들의 기를 누르려는 스페인인들의 조금은 비열해 보이는 정복욕의 산물인 스페인 성당이 보인다.

어딜 가든 인디언 유적지에는 정복자들이 인디언 유적들을 부수고 그 자리에 성당을 세워 놓았다.

미틀라 성당

28. 유적은 인간 허욕의 잔재일 뿐!

미틀라 궁

피정복자의 정신적 구심체인 궁전이나 신전을 부수고, 그 위에 정복자의 건물이나 기념비 등을 세우는 것은 어찌 보면 싸움에 이긴 놈이 으쓱거리며 폼 잡는 것이나 다름없다.

이겼으니 지 마음대로 해보는 것이다.

진 놈은 그저 숨죽이고 울분을 새겼을 것이지만. 다른 도리가 없었을 것이다.

우리는 그곳에서 역사를 보나 그 속에 숨어 있는 정복자의 오만함과 비열함을 읽어낸다.

그렇지만 비열해 보이긴 해도 결국 힘은 힘인 것이다.

막무가내로 억누르는 힘은 어찌할 수 없는 것이다.

히에르베 엘 아구아 / 미틀라 / 툴레 /오아하카

인간의 역사이기에. 한 때의 영화는 결국 새로운 힘에 의하여 유린되고, 새로운 힘은 또다시 지속되다가 결국 또 다른 힘에 의하여 정복되는 것. 역사란 원래 그렇게 흐르는 것이다.

정복자들이 이런 걸 알라나 몰라?

허긴 알면 어떻고 모르면 어떤가! 이 세상이 폼 잡으며, 기죽이며 그냥 그렇게 흘러가는 것을.

날씨가 흐려 침침한 데다, 미틀라의 폐허를 보니, 자연 이러한 생각이 스치면서 왠지 인간사가 허망하게 느껴진다.

왜 싸우면서 또 그렇게 역사가 되풀이되는 것인지……. 이긴 자도, 진 자도 결국 역사 속으로 사라지는 것인데…….

미틀라 궁

28. 유적은 인간 허욕의 잔재일 뿐!

다만 살아 있던 동안의 인간 허욕(虛慾)의 흔적만을 유적에서 찾아볼 수 있는 것이다.

그러니 유적이란 진 자도 이긴 자도 다 사라져 버린 이때까지 아직도 사라지지 않고 남아 있는 그들의 욕심이 남겨 놓은 잔재일 뿐이다.

히에르베 엘 아구아 / 미틀라 / 툴레 /오아하카

29. 툴레: 세계에서 제일 큰 나무

2001년 7월 24일(화)

미틀라를 나와 가게에 들려 장모님께 드릴 면으로 된 옷을 한 벌 샀다.

벌써 날은 어둑어둑해지는데 시간을 보니 오후 4시가 넘어 5시가 다 되어 간다.

버스 정류장으로 나와 터덜거리는 버스를 타고 툴레(Tule)에서 내려 세계에서 제일 크다는 나무를 보러 갔다.

세계에서 제일 큰 나무

툴레는 오아하카에서 남동쪽으로 약 10km 떨어진 190번 도로 옆에 있기 때문에 교통은 편하다.

툴레의 나무(Arbol del Tule)는 툴레의 산타마리아 마을의 성당 앞 정원에 있는 멕시코 편백나무

세계에서 제일 큰 나무

(Mexican cypress)로서 나이가 2,000년 정도 된 것으로 추정되며, 키와 밑동의 바탕이 되는 둘레가 약 150피트, 그러니까 45미터 정도 된다.

미국에서는 킹스 캐년에 있는 제너럴 샤만이라는 이름의 나무가 가장 크다고 그랬는데, 여기 멕시코에서는 툴레의 이 나무가 세계에서 제일 큰 나무라 한다.

세계에서 제일 큰 나무라 할 때 '크다'는 의미는 여러 가지이다.

키가 가장 큰 나무일 수도 있고, 밑동의 둘레가 가장 큰 나무일 수도 있고, 뻗어나간 가지를 합쳐 그 둘레가 가장 큰 나무일 수도 있다.

이와 같이 사람들은 자기들 것에 애착을 가지고 그 어느 한 쪽이라

세계에서 제일 큰 나무

도 크면 세계 제일이라 한다.

　어느 한 쪽도 크지 않으면 모든 것을 종합적으로 볼 때 세계 제일이라 한다. 예컨대, "키가 제일 큰 나무는 ○○○에 있는 나무고, 밑동의 지름이 가장 큰 나무는 XXX에 있는 나무이며, 이 나무는 두 번째로 키가 크고, 밑동의 둘레도 두 번째이긴 하지만, 이 둘을 합쳐서 볼 때, 진정 세계에서 제일 큰 나무라 할 수 있다."고 한다.

　이 사람들 말대로 툴레의 나무는 키로 볼 때에는 세계에서 제일 큰 나무라 할 수 없으나, 밑동의 둘레나 옆으로 번진 가지의 둘레로 따진다면 아마도 제일 큰 나무라 할 수 있을 것 같다.

　그런데 이것이 어디 나무뿐이랴! 사람도 마찬가지이니, 누구든 남이 따라오지 못할 장점이 있기 마련이다.

그러니 사람들은 제각각 세계 최고인 것이다.

나무에서 세계 제일을 찾듯, 우리의 사람살이에서 만나는 사람들마다 장점만을 찾아 세계 제일임을 인식하고 칭찬해 줄 필요가 있다.

이곳에서는 이 나무 외에는 별로 볼 것이 없다.

나무를 보고 나서 다시 버스를 타고 호텔로 돌아오니 벌써 어둠이 짙게 깔린 밤이다.

히에르베 엘 아구아 / 미틀라 / 툴레 /오아하카

30. 오아하카에서 돼지 머리고기 먹는 법 등

2001년 7월 24일(화)

어디를 가든 그렇겠으나 그 동안 체득한 여행하는 법을 간단히 소개하면 다음과 같다.

제일 먼저 갈 곳에 관해 인터넷이나 서적을 통해 정보를 수집해야 한다.

그리고 때에 맞추어 가는 것이 좋다.

예컨대 오아하카 같은 곳은 축제가 이루어지는 기간에 방문하면 훨씬 많은 것을 보고 배울 수 있는 것이다.

그 다음, 그 도시에 도착하면 제일 먼저 여행 안내소로 가라. 그곳에서 그 도시의 행사 일정을 안내 받고 볼 곳을 미리 체크하는 것이 좋다. 또한 그곳에서 지도를 얻어 어디로 가야 하는지를 체크하라.

어떤 경우에는 표를 미리 사야 할 경우도 있다.

예컨대 오아하카의 구엘라궤차 축제가 이루어지는 곳의 표는 며칠 전에는 구하지 못한다. 미리 예약해 두어야 한다.

그리고 가능한 한 걷는 것이 좋다. 걸으면서 직접 경험하는 것이 가장 좋은 방법이다.

또한 만나는 사람들을 최대한 이용해야 한다.

길거리에서든, 여행 안내소에서든, 숙소에서든, 특히 배낭여행 같은 경우에는 숙소에서 많은 사람들을 만나는데 이들로부터 얻는 정보만큼 사실적이고 정확한 정보는 없다.

멕시코 여행을 한다면 멕시코시티와 오아하카를 꼭 권하고 싶다.

오아하카의 경우에는 축제가 있는 때(부활절, 7월 말이나 11월, 12
월)를 잡아 목요일이나 금요일 도착하여 화요일이나 수요일 출발하는 것
이 좋을 듯하다.

꼭 그렇지 않더라도 일요일, 월요일을 끼워 적어도 5일 이상의 여정
으로 오는 것이 좋다.

첫날은 쉬거나, 여행 안내소를 방문하여 정보를 모으고 조칼로 공원
주변을 둘러보는 것으로 족하다.

조칼로 공원에는 시 성당과 콤파냐 교회 등 옛 식민 시대의 건축물
등과 수제품 등 매력을 끄는 시장이 있고 많은 먹거리가 있다.

또한 이곳에는 밤에 나와도 사람들이 많다. 우리나라의 명동 거리를

콤파냐 교회

히에르베 엘 아구아 / 미틀라 / 툴레 /오아하카

생각하면 될 것이다. 그만큼 밝고 화려하지는 않아도.

조칼로에서 시장 쪽으로 몇 블록만 가면 길거리에서 돼지 머리를 판다.

'조칼로에서 시장 쪽으로 몇 블록' 이 정보를 꼭 기억하여야 한다. 아주 실용적인 정보이기 때문이다.

돼지 머리의 비계와 살들을 칼로 다져서 멕시코 특유의 밀가루로 만든 부침개 같은 것 위에 놓고 소스를 치고 '실란트라'라는 향기 나는 풀을 얹은 후 돌돌 말아 먹는 것인데, 사람들이 빙 둘러 몰려 있다.

이것이 그 유명한 멕시코 음식 또띠야이다.

멕시코에서 소고기는 너무 노린내가 심하여 먹을 수가 없다.

조칼로 공원

30. 오아하카에서 돼지 머리고기 먹는 법 등

냄새감각이나 맛감각이 후진 사람들에게는 별 문제가 없겠으나, 아니 이들 감각이 잘 발달한 분들 가운데에서도 노린내를 기막히게 좋아하는 사람들에겐 별 문제가 없겠으나, 우리의 경우 아무리 양념을 잘해도 그 냄새 때문에 먹을 수가 없었다.

아마도 우리가 먹는 소고기와는 다른 종자인 듯하다.

이러한 노린내 때문에 소고기를 먹지 못해 단백질이 부족했었는지 돼지머리 삶은 것을 보니 반가운 마음이 앞선다.

그러나 내 경우에는 실란트라 향기를 싫어한다. 좋아하는 사람은 엄청 좋아하는데…….

익숙하지 않으면 못 먹는 게 당연한 것이다.

한국에서 먹던 식으로 돼지고기를 굵직굵직하게 썰어서 소금에 찍어 먹으면 좋을 것 같아, 고기를 다지지 말고 썰어 달라는 시늉을 하면서 "오울리 쌀(Only sal)!"만 외친다.

쌀(sal)은 소금이라는 스페인 말이다.

돈을 달라는 대로 주고 돼지 머리 고기를 한 접시 받아 소금에 찍어 먹으니 그 맛이 기막히다.

이렇게 맛있는 것을!

주위의 멕시코 사람들이 이상하다는 듯이 웃으며 쳐다본다.

"뭘 봐? 먹는 거 옆에서 쳐다보며 침 흘리는 것만큼 창피한 건 없는데……"

"또띠야만 먹지 말고 먹고 싶으면 너희들도 이렇게 먹어봐!"

보거나 말거나 옆의 슈퍼마켓에서 사온 맥주 한 캔을 입에 부어 넣고 머리 고기 한 점을 소금에 찍어 입에 넣을 때의 행복감이란!

히에르베 엘 아구아 / 미틀라 / 툴레 /오아하카

이후 그 다음 날도 여기에 와서 군것질을 했다.

다시 본론으로 넘어 가자. 일요일 하루는 오전 중에 몬테 알반의 피라미드를, 오후엔 박물관인 산토도밍고 문화센터를 둘러보면, 유적지와 박물관 입장료를 절약할 수 있다.

그리고 이날 밤에는 푹 쉬는 것이 좋다.

그렇지만 여정이 짧으면 밤에 나와 조칼로 공원이나 산토 도밍고 성당 주변을 가보라.

오후 8시경부터 공짜로 즐길 수 있는 거리의 축제--춤과 노래—가 항상 있다.

이러한 거리의 축제를 보지 않는다면 오아하카에 온 의미가 없다고 할 정도로 볼 만한 것이므로 이를 빼놓아선 안 될 일이다.

축제가 있는 월요일엔 물론 오아하카 북쪽 언덕인 체로 델 뽀르틴 (Cerro del Fortin) 옆에 세워

산토 도밍고 성당

30. 오아하카에서 돼지 머리고기 먹는 법 등

진 노천극장에서 구엘라궤차를 보아야 할 것이다.

구엘라궤차를 보기 위해서는 미리 표를 예약하거나 구입해야 한다.

그리고 시내의 또 다른 박물관과 성당들을 보면 하루가 족하다. 예컨대, 솔레다드 성당 (Basilica De La Soledad)은 17세기 건물로서 솔레다드

솔레다드 성당의 성처녀

라는 오아하카의 애국자인 성처녀에게 헌상된 건물이다.

이 성당의 제단 위에는 보석으로 치장된 검은 벨벳의 처녀상이 있는데 병자를 치료하는 기적을 행하는 것으로 유명하다.

만약에 오아하카에서 병이 나면, 이 성당을 찾으시라!

깨끗이 낫는 기적이 나타날 것이니. 믿거나 말거나…….

성당 내부는 바로크 장식으로 되어 있고, 샹들리에가 눈부시고, 벽면의 대형 그림과 조각 등이 볼 만하다. 또한 도금된 천장 역시 화려하다.

시내에 있는 성당 가운데 또 다른 볼 만한 것은 산 펠리페 네리 성

당(Iglesia De San Felipe Neri)이다.

17세기 바로크 교회 양식으로 지은 건물인데 금박을 입힌 나무로 조각된 제단과 벽의 프레스코가 인상적이다.

이 이외에도 인쇄 미술이나 현대 미술에 관심이 있는 분들은 산토 도밍고 성당 맞은편의 오아하카 그래픽 아트 인스티튜트(Instituto De Arts Graficas De Oaxaca)나, 조칼로 공원에서 북쪽으로 너덧 블록 떨어진 곳에 위치하는 오아하카 현대 미술관(Museo De Arte Contemporaneo De Oaxaca)을 방문하는 것도 권유할 만하다.

멕시코에서 느낀 것이지만, 워낙 놀기 좋아하는 민족이라서 그런지 정말로 문화 예술은 엄청 발전한 나라가 멕시코이다.

경제는 낙후되어 있어도 박물관과 미술관이 도시마다 많이 있다.

미술관이 많은 만큼 이 나라에는 세계적으로도 유명한 화가들이 많다.

솔레다드 성당

30. 오아하카에서 돼지 머리고기 먹는 법 등

나에게는 생소한 분들이지만…….

미술하시는 분들은 필히 오아하카 뿐만 아니라 각 도시에 있는 미술관들을 둘러보셔야 할 것이다.

그리고 또 다른 하루 동안 반드시 보아야 할 것이 히에르베 엘 아구아(Hierve el Agua)라는 바위 위의 샘과 폭포 및 미틀라(Mitla)의 유적들, 그리고 툴레(Tule)에 있는 세계에서 제일 큰 나무이다.

이러면 도착하는 날 아침부터 나흘의 여정인데, 사실 좀 빡빡하다.

이 이외에도 시간적 여유가 하루라도 더 있다면, 녹색으로 빛나는 항아리나 흙 인형 등의 공예품을 볼 수 있는, 화요일에 장이 서는 아트좀바(Atzomba) 마을을 방문하거나. 다채로운 색칠을 한 정교하게 만든 목각 인형을 만드는, 오아하카 남서쪽 몬테 알반 근처의 아라쫄라(Arrazola) 마을을 방문해도 좋다.

반나절을 오아하카 부근의 인근 마을을 방문한 다음, 반나절은 멕시코에서 제일 존경받는 후아레즈 대통령의 유물을 모아 둔 후아레즈 관저 박물관(Museo Casa De Juarez)을 보아도 좋고, 스페인이 이 땅을 정복하기 전의 예술품을 전시해 놓은 루피노 타마요 박물관(Museo Rufino Tamayo De Arte Prehispanico)을 보아도 좋다.

히에르베 엘 아구아 / 미틀라 / 툴레 /오아하카

멕시코시티 시내/ 코요아칸 / 호치말코 편

31. 오아하카에서 멕시코시티로

2001년 7월 25일(수)

이제 오아하카를 떠나 멕시코 시로 가야 할 시간이다.

떠나면서 느끼는 것은 멕시코 여행에서 오아하카만큼은 꼭 보아야 할 도시라는 생각이다.

며칠 있었다고 정이 든 것일까?

후아레츠 공원의 분수

앞에서 본 타힌 유적지만 하더라도 정글 속의 피라미드들은 볼 만하지만, 무척 무덥고 습하다. 물론 무덥고 습하다 하더라도 반드시 방문해 볼 가치가 있다.

반면에 오아하카는 기후도 습하지 않고 몬테 알반의 피라미드도 볼 만하고, 구엘라궤차라는 인디언들의 민속 공연도 놓칠 수 없는 볼거리이며, 박물관, 미술관 등도 훌륭하다. 먹거리도 풍부하고!

이렇게 놀기 좋은 도시가

후아레츠 공원의 풍선 인형

그렇게 흔한 것은 아니다.

더욱이 이런 도시를 만나기도 그렇게 쉬운 일이 아니다.

아마 적어도 3대가 적선을 해야 이런 도시를 만날 수 있는 것 아닐까? 착하게 살지어다!

오아하카에서 아침에 짐을 꾸려 그것을 끌고 조금 멀긴 하지만 버스 터미널까지 슬슬 걸어가기로 했다.

걸어가면서 그 동안 보지 못했던 후아레츠 공원과 그 주변의 성당 등을 보기 위해서는 택시를 타는 것보다 걷는 것이 낫기 때문이다.

후아레츠 공원에서는 무엇인지는 모르지만 오늘이나 내일 공연 같은 것이 있을 예정인 모양이다.

멕시코시티 시내 / 코요아칸 / 호치밀코

천막을 친 임시 관광 물품 판매소가 설치되어 있고, 풍선으로 만든 인형이 춤을 추고 무대 설치가 한창이다.

임시 가게에서는 아침부터 데킬라를 한 잔씩 따라 주며 맛보고 한 병씩 사 가라고 손짓을 한다.

페루 여행도 하여야 하기에 주내와 내가 끄는 가방엔 겨울옷까지 넣어 더 이상 넣을 곳이 없다.

술을 한 병 사 주고는 싶었지만 들고 다니기에는 불편하니 미안하지만 참을 수밖에 없다.

쉬엄쉬엄 공원을 둘러 본 후, 버스터미널에 도착하여 점심 때 먹을 것을 조금 사 가지고 버스를 타고 12시에 출발하여 멕시코시티에 도착

멕시코시티 가는 길

한 것은 오후 7시였다.

터미널에서 택시를 타고 예약해 놓은 이자벨 호텔로 향했다.

택시비는 25페소(3달러)이다.

이자벨 호텔은 꼬르도바의 프랭크가 소개해준 호텔로서 조칼로 광장에서 몇 블록 안 떨어진 곳으로 값도 싸고 관광하기에 좋은 위치에 있다.

오아하카의 시 중심부에 있는 공원도 조칼로라고 부르는데, 멕시코인들은 시 중심부의 공원이나 광장을 조칼로라고 부르는 모양이다.

멕시코 시의 조칼로 광장은 한 쪽에 멕시코 대통령 집무실이 있는 건물이 있고, 그 옆 다른 한 쪽에는 대 성당이 있으며, 다른 두 쪽엔 오래 된 관공서 건물들이 들어서 있다.

이자벨 호텔의 방 값은 2인 기준으로 하루 190페소(11달러 정도)이다.

방은 비교적 크다. 조명이 약간 어둡지만 목욕 시설도 잘 되어 있고 나무랄 데 없다.

짐을 풀고 나와 저녁을 먹으러 조나 로사(Zonna Rosa) 지역의 한국 음식점을 찾아간다.

생선 매운탕을 소주 한 잔과 함께 잘 먹었다.

값이 217페소(25달러)로서 꽤 비싼 편이긴 하지만 오랜만에 한국 음식을 먹은 셈이다.

멕시코시티 시내 / 코요아칸 / 호치밀코

32. 멕시코시티 시 성당

2001년 7월 26일(목)

오전 중에는 일단 조칼로 광장의 북쪽 편에 있는 시 성당(Catedral Metropolitan)을 구경하러 나섰다.

세계에서 제일 큰 교회 중의 하나라는 명성에 걸맞게 건물이 웅장하고 크다. 아름답다.

이 대성당은 1525년에 지었다가, 현재의 구조대로 재건축하기 위해서 1573년에 부수고 다시 지은 것으로서 완성되기까지 240년이 걸린 건물이다.

따라서 건물 외관은 16세기, 17세기, 18세기의 건축 양식이 혼용되어 있음을 보여 준다.

예컨대, 성당 내부의 바로크식

멕시코시 시 성당

장식부터 신고전주의 양식을 보여 주는 시계탑까지 여러 가지 양식들을 확인할 수 있다.

　내부는 십자가 형태를 띠는데, 중앙에 본당이 있고 양쪽 축을 따라 14개의 예배실(chapel)이 있다.

　이들 예배실들은 화려하게 꾸민 제단과 조각, 그림, 그리고 값을 매길 수 없을 정도로 귀중한 벽걸이 융단들 따위로 치장되어 있고, 예배실 내부의 많은 부분이 금으로 도금되어 있다.

미사 드리는 모습

　또한 예배실마다 흑인 예수 상을 포함해서 예수를 조각해 놓은 수많은 조상(彫像)들을 볼 수 있다.

　주 제단 뒤 본당의 끝 부분에는 왕들의 예배실(Chapel of Kings)이 있는데, 나무에 조각을 한 후 도금한 화려한 외관이 압권이다.

　이 성당의 지하 묘지에는 멕시코의 대주교들(archbishop)이 묻혀 있다고 한다.

성가실: 내부 조각이 아름답다

　대성당의 건물 외부를 한 바퀴 돌며 건물 외관을 보고 나서 성당 내부로 들어갔다.

　들어가니, 금으로 도금한 화려한 제단 앞에서 사람들이 미사를 보고 있는 것이 눈에 뜨인다.

　그곳을 돌아 그 제단 뒤편으로 가보니 성가대들이 노래 부르는 방이 있는데 들어갈 때 기부금을 내야 한단다.

　기부금을 내면 성가실의 내부를 보여주며 설명을 해준다.

　주내와 함께 각각 10페소씩 기부하고 조그만 문을 통해 들어가 보니, 중앙에는 악보대가 있고 방의 가장자리로는 의자들이 있는데 의자 위의 나무 조각들이 예술품이다.

32. 멕시코시티 시 성당

의자 뒤의 조각은 천주교에서 숭배하는 순교자들을 주로 조각한 것이다.

그 조각들 위로는 좌우로 파이프 오르간이 설치되어 있다.

또한 마카오에서 가져 왔다는 문과 가운데의 악보 놓는 단의 조각 장식이 참으로 아름답다.

성가실을 나와 다시 그 뒤의 본당 쪽으로 갔더니 주 제단 쪽으로는 비닐을 씌워 놓고 보수 작업이 한창이다.

한편 여기에서는 해시계 비슷한 시계를 볼 수 있다.

어린아이들 몸통만한 커다란 추가 천장으로부터 매달려 있고, 그 밑에는 기하학적인 도형이 놓여 있는데, 시계라고 한다.

왜 이곳에 해시계를 설치하였을까?

멕시코에서는 시계와 달력이 옛날부터 매우 발달하였다.

성당 안의 해 시계

멕시코시티 시내 / 코요아칸 / 호치밀코

시계나 달력은 농사를 짓는데 필수적이었기 때문이다.

그런데, 성당 안에서 농사를 지었을 리는 없고?

멕시코 인디언의 기술과 문명을 보여주려고 일부러 설치한 것은 아닐 것이다.

그렇다면, 혹 신부님이 설교하다가 중요한 약속 시간에 늦을지 몰라 설치해 둔 것일까?

설교 못하는 신부님은 아마 땀을 훔치며 시계를 흘깃흘깃 보았을지도 모른다.

여하튼 성당 안에 이렇게 큰 해시계가 있는 것이 신기하다.

성당을 나와 점심을 먹으러 조칼로 공원 서쪽의 시장 골목으로 간다.

조칼로 공원의 동쪽에는 대통령 궁이 있고, 남쪽에는 관공서들이 있으며, 서쪽에는 시장이 형성되어 있다.

그렇지만 남쪽이나 서쪽의 건물들은 모두 역사적인 건물들이다.

서쪽 시장에는 주로 귀금속을 파는 가게들이 많다.

귀금속 가운데에서도 주로 금을 세공하여 많이 파는데, 가격이 싸다.

다양한 금 장식품들이 눈을 끄는 게 세공 기술이 잘 발달하여 있음을 느낄 수 있다.

33. 676년만의 무리춤[群舞]

2001년 7월 26일(목)

오후에는 조칼로 광장에서 벌어진 무리춤(群舞 군무)을 보았다.

이 춤은 아즈텍(Aztec)이 멕시코시티를 건설한 후 676년만에 추는 춤으로서, 스스로 인디언의 후예라고 생각하는 사람들이 자발적으로 모여 인디언 복장으로 그들의 전통 춤을 재현하는 것이라는데 매우 볼 만하다.

이 춤은 민간단체에서 조직한 것으로서 676년에 한 번씩 춘다고 한다.

조칼로: 676년에 한 번씩 추는 무리 춤

멕시코시티 시내 / 코요아칸 / 호치밀코

그러니 이 춤을 다시 보려면 앞으로 676년을 기다려야 한다고 한다.

혹 잘못 알아들었나 싶어 몇 번이나 확인한다. 돌아오는 대답은 앞으로 676년 후에야 출 예정이란다. 그리고 또 676년이 지나야 또 추고.

이 말을 정말 믿어야 하나?

만약 사실이라면, 앞으로 676년 동안은 이 춤을 못 보는 것이다.

이들의 시간관이 놀랍다.

사람이 오래 살아야 100년도 못 사는데……. 윤회를 믿는 것인가? 환생을 믿는 것인가?

어찌되었든 676년 만의 춤을 볼 수 있었다는 것은 행운이요, 신의 축복이다.

멕시코시티에서 이러한 행사를 우연히 볼 수 있게 될 줄은 정말 몰랐다.

오아하카를 떠나 멕시코시티에 도착한 다음 날 오후 대통령 궁을 구경하기 위해 조칼로 광장을 건너다가 이들을 조우(遭遇)한 것이다.

그런 점에서 우리는 참으로 관광 운이 좋은 것이다.

676년만에 한 번 이루어지는 춤이라니! 그리고 앞으로 보고 싶어도 676년이 지나야 한다니 말이다.

이런 행사를 한다는 광고가 미리 있었다면 아마도 더 많은 관광객들이 몰려들었을 텐데-.

조칼로 광장을 거의 3/4 이상 메우고 진행하는 무리춤! 이것을 본 것만으로도 멕시코시티 방문은 충분히 그 가치가 있었다.

우리는 대통령 궁 관광은 뒤로 미루고 무리춤에 홀딱 빠져 들었다.

춤꾼들은 멕시코의 전통에 관심이 있는 민간인들--주로 아즈텍 연구

33. 676년만의 무리춤[群舞] 멕시코의 과거가 되살아나고 있다.

조칼로: 676년에 한 번씩 추는 무리 춤

자들--로 구성되었다는데 수백 명이 넘는다.

그러니, 그 안에는 학생, 교수, 아줌마 등 다 있다.

전국 각지에서 사람들이 착용할 옷, 장신구, 깃털 달린 인디언 모자, 발목에 차는 악기 등을 배낭에 넣고 와서 광장에서 옷 등을 갈아입은 후 한 옆에 쌓아 놓고, 행사가 끝나면 다시 평상복으로 갈아입고 돌아간다.

광장 한 가운데에는 온갖 과일과 꽃으로 장식된 일종의 제단을 만들어 놓고 그 둘레에 모여 북소리에 맞추어 춤을 추는데, 2시에 시작하여 6시가 넘어서까지 행사가 진행되었다.

행사를 주관하는 광장 가운데의 제단 옆에는 북 치는 사람들과 향로에 향을 피우거나, 불을 피워 들고 춤을 추는 사람들이 있고, 그 주위로

멕시코시티 시내 / 코요아칸 / 호치밀코

조칼로: 676년에 한 번씩 추는 무리 춤

수많은 사람들이 인디언 복장에 칼 집 등 여러 가지 장신구 등을 들거나 맨손으로 발을 구르며 춤을 춘다.

박자는 4박자인데, 느리게 시작하여 빠르게 진행되다가 7박자로 바뀌는 듯하면서 다시 4박자로 바뀌는데 참으로 열심히 춘다.

엑스터시를 경험하는 것일까? 때에 따라서는 빙빙 돌기도 하고, 앉았다 일어서기도 하고, 모든 사람들이 따라서 하는데 실로 장관이다.

춤이 거의 끝난 후에는 제단 근처로 모여들어 밀집된 상태에서 발을 구르며 춤을 추고, 일종의 의식을 거행하는 듯하다.

모두 하나 되어 어우러지는 춤 속에서 멕시코의 과거가 되살아나고 있다.

33. 676년만의 무리춤[群舞] 멕시코의 과거가 되살아나고 있다.

과거 이 지역을 지배했던 순수한 인디언들은 현재 수백만에 불과하고 메스티소(인디언과 스페인 정복자의 혼혈)가 지금은 멕시코 전체 주민들의 대부분을 차지하고 있지만, 메스티소의 피 속에도 인디언의 피가 흐르고 있는 것은 속이려야 속일 수 없는 것 아니겠는가!

스스로 인디언의 후예라고 생각하는 사람들이 자발적으로 모여들어 이런 춤을 통해 옛 인디언 조상들의 전통과 문화와 생활을 배우고 살리려 애쓰고 있는 것이다.

그러니 오랜 세월을 통해 볼 때, 정복이 과연 무슨 의미가 있단 말인가!

무리춤은 사람을 끌어드리는 마력을 지닌 모양이다.

조칼로: 676년에 한 번씩 추는 무리 춤

멕시코시티 시내 / 코요아칸 / 호치밀코

인디언의 후예가 아닌, 다만 구경꾼에 불과한 우리까지도 이들 틈에 끼고 싶은 충동을 느끼게 만드니 말이다.

그러니 이러한 행사가 멕시코 국민들의 일체화에 얼마나 큰 영향을 미칠 것인가는 명약관화한 일이다.

여러 민족으로 구성된 국가(예컨대, 미국이나 중국)에서는 국민들을 하나로 묶어 일체화시키고 충성심을 끌어내기 위한 국가의 기능이 매우 중요하다.

이를 정치학에서는 국민 형성 기능(nation building function)이라고 한다.

단일 민족인 우리나라 역시 국민 형성 기능은 점점 중요해 지고 있

조칼로: 676년에 한 번씩 추는 무리 춤

33. 676년만의 무리춤[群舞] 멕시코의 과거가 되살아나고 있다.

다. 남북통일 이후 납북한 주민들의 일체감 형성은 물론, 현재 영·호남으로 나뉜 지역주의의 극복, 그리고 다문화 가족들을 아우르는 일 역시 정부가 수행해야 할 국민 형성 기능이라고 할 수 있다.

국민 형성 기능을 수행하기 위해서 중요한 것은 국기, 국화, 국가의 제정, 공통적인 축제 의식, 국민에 대한 정치 교육, 공동의 적 제시 등 여러 가지 방편이 있다.

이런 점에서 볼 때, 멕시코시티에서 벌어진 이러한 행사는 비록 민간 기관이 주도하는 것이긴 하지만 멕시코 국민들의 국민 형성에 매우 큰 영향을 미칠 것이다.

한편 무장한 군인들이 한 쪽 길 건너 트럭 위에서 이를 보고 있고, 한 쪽 옆의 광장에서는 데모를 하는지 마이크를 대고 함성을 지르고 있고,

대통령 궁 앞에서는 소년들이 밴드 마스터의 지휘에 따라 연주를 한다.

광장 옆 차도는 오후 내내 차들의 통행이 금지되고 길옆에는 인디언 물건들을 파는 사람들이 보따리를 푼다.

멕시코시티 시내 / 코요아칸 / 호치밀코

34. 대통령 궁

2001년 7월 26일(목)

조칼로 공원의 무리춤을 구경하다 보니 끝이 없다.

2시에 시작한 것이 벌써 5시가 다 되어 가는데도 끝나질 않는다.

우리는 서둘러 대통령 궁(Palacio Nacional)을 보기로 했다.

대통령 궁은 아즈텍의 황제인 목테쭈마(Moctezuma)의 궁전 터에 세워진 것으로서 정복자인 헤르만 꼬르테스 통치 시대에 노예들을 동원하여 지었는데, 1692년 반(反) 스페인 폭도들에 의해 부서지고 다시 지은 것이라 한다.

대통령 궁 정문

이곳은 총독들의 공식적 주거지로 사용되다가 1821년 공화국이 수립된 이후 대통령과 정부 공무원들의 사무실로 쓰이고 있다.

조칼로 광장을 건너 대통령 궁의 문 앞에 다가가니, 군인이 지키고 있다가 신분증을 제시하라고 한다.

여권을 호텔에 놓고 왔다고 하면서 가서 가지고 와야 되느냐고 물었다.

대통령 궁: 회의실

가져와야 한단다.

어차피 오늘 구경하긴 틀렸구나 싶어 머뭇거리는데 물끄러미 바라보던 군인이 들어가라고 허락을 해 준다.

어디에나 사람을 알아보는 사람은 있다.

문지기로서는 아까운 훌륭한 군인이다.

관광하는 데 돈은 받지 않는다.

감사한 마음으로 들어가니 문 안에는 좌우로 큰 회랑이 있다.

오른쪽은 집무실과 정부 공무원들의 사무실이 있어 관광이 허락되지

대통령 궁의 벽화

않는다.

앞으로는 정원이 있고 가운데에는 아름다운 분수가 있다.

왼쪽 회랑을 통해 조금 가면 이층으로 올라가는 계단이 있고 계단 위의 벽에는 벽화(mural)가 있다.

2층의 벽에도 벽화가 있는데 케찰코아틀(Quetzalcoatl)의 전설부터 시작하여 아즈텍 시대의 낭만적인 생활상들이 벽에 그려져 있다.

이 그림들은 디에고 리베라(Diego Rivera)가 그린 것으로서 완성하는 데 25년 걸렸다고 한다.

게으른 건지, 머리가 좋아서 그런 건지?

여하튼 디에고 리베라는 적어도 25년 동안은 먹고 사는 데 문제가 없었겠다.

여기에서 꼬르테스가 아즈텍을 정복하기 이전부터 1910년 유혈 혁명이 일어나기까지의 멕시코 역사를 볼 수 있다.

아래층에서 관람할 수 있는 방으로는 대통령 회의실이 있고, 궁 안의 정원을 지나 이층으로 올라가면 후아레츠 대통령의 유물들을 모아 놓은 전시실이 있다.

베니토 후아레츠 박물관(Benito Juarez Museo)라고 부르는데, 멕시코인들이 가장 존경하는 후아레츠 대통령이 쓰던 거실, 침실, 서재 등에 그 당시 사용하던 물건들이 보관되어 있다.

설명에 따르면 후아레츠 대통령이 이곳에서 죽었다 한다.

후아레츠 대통령의 침실

멕시코시티 시내 / 코요아칸 / 호치밀코

존경하는 지도자를 가진 나라의 국민들은 행복하다.

이런 점에서 우리나라의 근대사에서는 존경받는 대통령이 없다는 것
이 안타깝다.

우리나라의 청와대도 개방을 하고, 존경하는 대통령을 모셔 놓으면
좋을 텐데…….

눈 씻고 찾아도 아직은…….

한편 궁 안의 정원은 잘 꾸며져 있다. 여러 가지 나무와 풀들이 잘
가꾸어져 있고 분수대에서는 분수가 솟아 나온다.

저쪽으로는 사무실들이 보인다.

되돌아 나오다보니 군인들이 하기식을 하기 위해 교대하는지 4-50명

대통령 궁 안의 분수

34. 대통령 궁

이 모여 있다.

관광객들이 관광을 하면서 자리를 비켜주니 그 옆으로 행군을 한다.

멕시코로 오기 전에는 만나는 사람마다 멕시코에 가지 말라고 했다.

경제적으로 낙후되어 있고, 치안이 안 좋아 험한 나라라는 것, 그러니 목숨 걸고 가야 된다는 것 등의 이유 때문에······.

그렇지만 와서 돌아다녀보니 미개한 나라가 아니다. 문화 예술이 발달했고, 참으로 자유로운 나라이다.

치안이 좀 안 좋기는 하지만, 사람들은 낭만적이고, 인정도 많고, 착하다. 사람 사는 데는 다 그러그러한 것이다.

많은 사람들은 자기가 경험한 세계에 갇혀 있다.

그 갇힌 울을 깨트리고 나올 생각은 하지 않고, 그 속에서만 모든 것을 생각하고 보려 한다.

직접 경험해 보아야만 기존의 생각에서 벗어날 수 있는 것이다. 그래서 여행은 좋은 것이다.

멕시코시티 시내 / 코요아칸 / 호치밀코

35. 알라메다 공원

2001년 7월 27일(금)

오로지 한국 음식을 먹고자 하는 일념으로 11시쯤 조나 로사(Zona Rosa)로 향했다.

지하철을 타고 갔는데 정말로 이곳은 상업 지역이다. 좌우에 음식점도 많고 상점들도 많다. 그러나 한국 음식점은 눈에 띄지 않는다.

물어물어 한국 음식점을 찾으니, 사장을 비롯하여 몇 명의 한국인들이 식사를 하고 있다.

김치찌개와 영광 굴비 백반을 시켜 식사를 했다.

점심 식사 후 전철을 타고 알라메다 공원(Alameda Park)으로 간다.

울창한 나무와 분수, 쉴 수 있는 벤치, 역시 공원은 잘 꾸며져 있다.

공원 남쪽에는 반원형으로 된 후아레츠 대통령을 기념하는 건축

후아레츠 기념 건축물

물이 있다.

후아레츠를 기념하는 반원형 건물(Semi-circle a Bennito Juaretz) 아래에는 돌사자들이 놓여 있고, 반원형의 서클에 기둥을 세우고, 그 위에는 후아레츠의 동상과 여러 가지 조각물들이 있다.

멕시코에서는 후아레츠 대통령만큼 존경받는 인물도 없다.

자포텍 인디언 출신으로서 무학이지만 6개 국어를 할 줄 알았던 인물로서 마치 미국인들이 링컨을 존경하듯 멕시코인들은 후아레츠 대통령을 사랑한다. 가는 곳마다 후아레츠를 기념하는 것들이 있다.

그곳을 거쳐 이른 곳이 벨라스 아르테스 궁전(Palacio de Bellas Artes)이다.

이 궁전은 경제적으로는 발전을 이루었으나 정치적으로는 억압 정권인 포르피리오 디아즈(Porfirio Diaz) 시대의 유물이다.

1904년에 짓기 시작하여 1934년에 완성되었는데 화려하고 하얀 대리석의 이 건물은 이탈리아 건축가들에

벨라스 아르테스 궁전

멕시코시티 시내 / 코요아칸 / 호치밀코

의하여 설계되고 건축
되었다.

이 궁전은 멕시코시
티의 문화 센터라 할
수 있다.

이 궁전 안에는 국
립 오페라를 공연하는
극장과 국립교향악단이
연주할 수 있는 극장이
있기 때문이다.

이곳은 화요일부터
일요일까지 10시부터
6시까지 열며 월요일은
열지 않는다.

궁전 밖에는 분수가

벨라스 아르테스 궁 내부

있고, 날개 달린 말 위의 천사들이 양쪽으로 조각되어 있다.

건물 내부는 일부가 극장으로 사용되는 모양이다.

특히 볼 만한 것은 이 건물의 천장이다.

건물 천장은 가운데가 돔으로 이루어져 있고, 그 돔의 양쪽 편은 또
다른 반 쪼가리 돔으로 이루어져 있는데 참으로 아름답다.

3층에 올라 내려다보면 건물의 웅장함과 화려함이 감탄을 자아낸다.

또한 2층 벽에는 멕시코의 유명한 화가들이 그린 벽화(mural)가 유
명하다.

35. 알라메다 공원

역시 멕시코의 미술만큼은 알아줄 만하다.

혹, 이들의 예술적 기질은 이들의 몸속에 흐르는 인디언의 피 때문은
아닐까?

36. 멕시코의 낭만을 조망하며

2001년 7월 27일(금)

그곳에서 나와 라틴 아메리카 탑(Torre Latino-Americana)에 올랐다. 총 44층으로서 올라가는 데 일인당 35페소(약 5,000원)씩 받는다. 꼭대기에는 아이스크림, 커피 등을 파는 곳이 있고 사방을 전망할 수 있다. 건물 자체는 바람이 불거나 하면 조금씩 움직이도록 설계되었다는데 실제로 그것을 느낄 수 있다.

이곳에서는 멕시코 시내가 다 보인다. 동쪽으로 조칼로 광장과 대통령 궁이 정면으로 보이고 오른 쪽으로부터 비행기가 날아와 대통령 궁

라틴 아메리카 탑에서 본 동쪽: 가운데에 대통령 궁이 보인다.

36. 라틴 아메리카 빌딩: 멕시코의 낭만을 조망하며

저쪽 뒤편의 공항에 착륙하는 것이 보인다.

그리고 그 뒤로는 멕시코에서 제일 높다는 오리자나 봉이 구름에 가려 있다.

서쪽으로는 알라메다 공원이 보이고 조금 전 보았던 벨라스 아르테스 궁전을 위에서 조망할 수 있다.

탑의 꼭대기 층에 있는 전망대에

라틴 아메리카 탑

서 아이스크림을 사 먹으며 동서남북 멕시코 시를 조망하면서 사진을 찍었다.

저쪽 구석에는 청춘 남녀가 앉아서 아이스크림을 먹는가 싶더니 키스를 한다. 아이스크림보다는 입술이 더 맛있는지 주위의 시선을 아랑곳하지 않는다.

한참을 그러더니 중앙에 있는 계단을 올라간다.

따라 올라가 보니 그 곳은 탑의 제일 꼭대기로서 사방을 역시 볼 수

멕시코의 청춘 남녀

있게 해 놓았는데, 가운데에는 송전탑 비슷한 철제물이 안테나처럼 솟아 있다.

바람이 부니 정말로 건물이 흔들리는 것 같다.

젊은 남녀는 철제 탑 한쪽 편 구석에서 여전히 서로의 입술과 몸을 탐하고 있다.

사방으로 둘러가며 사진을 찍다가 이들의 로맨틱한 장면이 눈에 띠기에 얼른 셔터를 누르고는 시선을 다른 데로 옮겼다.

민망하여 그리했던 것이지만 한편으로는 그들의 자유로움과 사랑이 부럽기도 하다.

그런데 왜 내가 민망하단 말인가? 대중 앞에서 키스하는 저들이 민망해야 하는 것 아닌가? 주객이 바뀐 것 아닌가?

사람들은 수십 년간 자신이 입고 있던 문화라는 옷을 과감히 벗어던지지는 못하는 모양이다.

한국적 사고와 윤리로 무장된 틀을 통하여 모든 것을 보고 판단하니 부러워하면서도 민망해 하는 것 아닐까?

탑 옆에는 산 프란시스코 성당(Iglesia de San Francisco)이 있고, 그 맞은편에는 파란 색깔의 무늬가 들어간 타일로 벽을 치장한 카사 드 로스 아줄레호스(Casa de los Azulejos)라는 이름의 유명한 건물이 있다.

이 건물은 1956년 오리자바 백작이 살기 위해 타일로 지은 것인데 이 도시에서 식민시대의 건물 가운데 가장 잘 지은 건물이라고 한다.

산 프란시스코 성당은 매우 오래된 건물로서 들어가는 입구부터 바로크 풍의 돌 조각이 아름답고, 내부의 벽에는 가로 십여 미터, 세로 칠팔 미터의 벽화가 걸려 있는데 예술을 모르는 문외한이 보아도 그 그림들이 볼 만하다.

정면에는 역시 조각된 나무에 도금이 되어 있어 화려함을 느끼게 해 준다.

성당 앞에서 거지가 손을 벌리는 것은 여기에서도 예외가 아니다.

산 프란시스코 성당 바로 옆에는 산 펠리페 헤수스 성당(Iglecia de San Felipe Jesus)이 있는데 이 성당은 분위기가 좀 다르다.

성당 외부도 비교적 간결하게 되어 있고 교회 내부도 큰 꾸밈이 거의 없이 돌기둥에 조각을 하지 않고 그림을 그려 놓았을 뿐이다. 다만 정면의 제단만은 푸른 불빛 배경 하에 여러 장식을 한 금빛의 왕관 비슷한 것이 놓여 있어 약간은 황홀감을 느끼게 해 준다.

멕시코시티 시내 / 코요아칸 / 호치밀코

37. 멕시코의 문화 예술만큼은 일류이다.

2001년 7월 27일(금)

조나 로사(Zona Rosa)는 상업 지역으로서 조칼로에서 그렇게 멀지 않다.

지하철을 타고 다섯 정거장을 가면 되는데, 인스투르겐테스(Instrugentes) 역에서 내려 조나 로사 쪽의 게노바(Genova) 거리로 가는 길의 양쪽은 음식점 등 상점들이 들어서 있는데 길을 건널 때마다 만날 수 있는 것은 감탄을 자아내게 만드는 조각들이다.

멕시코란 나라는 비록 국민들이 게으르고 못 살아도, 참으로 예술과 문화만은 발전한 곳이다.

통제의 느슨함 속에서 나오는 자유와 낙천적인 기질 속에서 풍기는 여유로움이 이러한 예술을 배태한 것은 아닐까라는 생각이 든다.

비록 공무원들이 부패했어도 휴식 공간인 공원만큼은 잘 마련해 놓았다.

어디를 가나 도시의 한 복판에는 공원이 있고, 나무가 있고, 분수가 있고, 행상이 있고, 벤치에서 조는 사람이 있다.

참으로 우리로서는 부러운 일이다.

껴안고 키스하는 남녀들, 누워서 자는 사람, 신문 보는 사람, 의자에 앉아 조는 사람, 분수에 뛰어 들어 물장난치는 아이들, 이처럼 한가하고 평화롭고 자유스러운 분위기가 있을 수 있을까?

조칼로 광장에서도 느낄 수 있는 것은 자유스러움이다.

바로 대통령 궁 앞에서 데모하는 사람도 있고, 연주하거나 공연하는 사람도 있고, 먹을 것을 파는 사람도 있으며, 손을 내밀고 구걸하는 사람들도 있고, 그것들을 구경하는 외국인 관광객들도 있다. 자유스러운 모습의 한 장면이다.

또한 길거리에서는 교통 규칙도 거의 필요 없다.

어느 때든지 눈치보고 건너고, 옆에 순경이 있건 없건 신경도 안 쓴다.

순경도 마찬가지, 본체만체 그냥 어슬렁거리다가 월급만 받으면 된다.

자동차도 사정은 비슷하다.

비교적 빨간 불은 지키지만--그것도 저쪽에서 파란 신호를 보고 오는 차에 치이지 않기 위한 것인지도 모른다-- 좌회전, 우회전은 파란 불에 자유롭게 한다.

알라메다 공원의 분수

멕시코시티 시내 / 코요아칸 / 호치밀코

조나 로사의 길거리: 돌고래 동상

건널목에 파란 불이 들어왔다고 사람이 그냥 건너다간 잘못하면 치인다. 반드시 옆에 차가 오는지 보고 눈치껏 건너야 한다.

차도 물론 조심하겠지만 건너는 사람이 보면 전혀 그렇지 않다. 차가 먼저다.

그렇지만 차가 안 올 때나 천천히 올 때면 건널목에 빨간 불이 들어오더라도 보행자는 그냥 건너면 된다.

그러니 마냥 자유다.

누구든지 마음대로 길거리에 휴지를 버려 봐라!

그리고 빨간 신호등이건 파란 신호등이건 자동차만 피해서 그냥 건너보아라!

옆에 순경이 보고 있으면 더욱 당당히 건너 봐라!

37. 멕시코의 문화 예술만큼은 일류이다.

이 얼마나 자유로운가!

아마도 싼 교통비(지하철은 일인당 1페소 50센트이다)와 이와 같은 자유로움--통제의 느슨함이 주는 자유로움--때문에 공무원과 정치인이 그렇게 부패하고 무능해도 그냥 그대로 지나가는 모양이다.

어쨌거나 혼돈 속에도 질서는 있는 것이다.

한편 이와 같은 여유로움이 이 나라의 예술과 문화를 발전시킨 것이리라.

아무리 부정부패가 판을 치고, 경제가 엉망이고, 교통이 엉망이라도, 이 나라는 인디언의 유수한 풍부한 전통 문화와 그 위에 이식된 스페인 문화, 그리고 현대 문화가 공존하면서 문화와 예술을 발전시키고 있다.

도시마다 공원이 있고, 수많은 박물관과 미술관이 있고, 거리마다 동

조나 로사의 길거리

멕시코시티 시내 / 코요아칸 / 호치밀코

상과 조각물이 있고, 또한 악사들과 댄서들이 있다.

그리고 그것을 즐기는 관중이 있는 한, 이 나라의 문화와 예술을 어찌 깔볼 수 있을 것인가!

아니 하나 빼먹었다.

그것을 즐길 수 있도록 해 주는 정부가 있는 까닭에 멕시코의 예술과 문화는 일류가 안 되려야 안 될 수 없는 것이다.

시골 구석구석에도 박물관과 미술관을 마련하고, 일요일엔 시민들이 즐길 수 있도록 무료로 개방하는 나라가 멕시코다.

우리나라도 멕시코 못지않게 문화유산과 자연풍광이 좋은 나라이다. 볼거리, 즐길거리가 많은 나라이다.

유홍준 교수가 문화재청장으로 재직할 때, 전국의 국립공원 입장료를 무료화한 것은 정말 잘한 일이다.

참 훌륭한 일을 했다.

그러나 아직도 국립공원 안에 있는 절에서 문화재 관람료라는 이름으로 입장료를 받고 있어, 국립공원에 들어가는 시민들이 결코 자유롭지 않다.

개중에는 절에는 안 간다고, 등산만 한다고 승강이하며 다투는 이가 없는 것은 아니지만 시민들이 왜 그래야 하는가?

절만 해도 그렇다.

우리나라에서 제일 경치 좋은 곳에 자리 잡고 앉아 있는 것만으로도 감사해야 할일이거늘, 국민에게 렌트비 하나도 안 내면서 오히려 그것을 이용해 돈을 받다니!

어느 나라의 성당이나 교회나 모스크나 사찰에서 돈을 받는가?

37. 멕시코의 문화 예술만큼은 일류이다.

조나 로사 거리의 조각: 비상

종교시설에선 시민들에게 봉사할 수 있는 기회를 즐겁게 받아들여야 한다.

그것이 깨친 종교이다.

문화재를 핑계 삼아 돈을 탐하는 것은 결코 종교의 소임이 아니다.

그리고 공짜로 문화재를 관람하면 안 되는 것일까?

개인이나 절이 소장하였다고 꼭 돈을 받아야 하는 것일까?

문화재를 관리하기 위한 비용은 정부가 보전해주면 되는 것 아닌가? 우리가 세금을 더 내더라도 말이다.

문화재는 전 국민의 재산이고, 전 국민이 즐길 수 있어야 하는 것 이다.

멕시코시티 시내 / 코요아칸 / 호치밀코

멕시코를 본받으면 아니 될까?

그러니 우리나라에서도 적어도 일요일엔 박물관이나 미술관 등을 시민들에게 무료로 개방하라!

강력히 외치고 싶다.

그래야 시민들의 문화 예술 감각이 발달하고, 교양 있는 시민이 될 수 있는 것이다.

그리고 그걸 바탕으로 국가의 문화 예술이 발전하는 것이다.

요즈음 점점 교양을 갖춘 시민들이 줄어들고 있는 것은, 무리의 문화 예술이 답보 상태에 있는 것은, 돈만 아는 놈들이 판치는 세상이 되어가고 있는 것은, 정부가 국립공원 안에 있는 절이 문화재 관람료를 받도록 허용하기 때문은 아닐까?

어찌되었든 멕시코의 문화와 예술만큼은 세계 일류인 것이다.

아무리 이들이 못살고, 겉으론 지저분해 보인다 해도.

37. 멕시코의 문화 예술만큼은 일류이다.

38. 트로츠키가 살던 곳

2001년 7월 28일(토)

어제 벨라스 아르테스 궁전에서 만나 알게 된 멕시코계 미국인 부부(알트로 폰세 주니어와 루페)를 만나 함께 시 관광을 하게 되었다.

이들은 코요아칸(Coyoacan)의 산 관 바우디스타 교회(San Goun Bautista), 라 말린체 건물, 아즈텍 스타디움(Azteca Studium), 호치밀코(Xochimelco)의 강, 올림픽 경기장, 멕시코 대학 등을 60달러에 둘러보기로 했다는데, 함께 가지 않겠느냐고 제의했던 것이다.

이들의 여행 안내원인 꼰트레나스에게 얼마인가 물었더니 폰세 부부

폰세 부부와 함께 한 아침 식사

멕시코시티 시내 / 코요아칸 / 호치밀코

멕시코 혁명 기념관

와 우리 부부 각각 50달러에 해 주겠다고 한다.

내일 아침 테오티후아칸 피라미드를 보러가기로 했으니, 오늘은 사양하겠다고 했더니, 금방 40달러로 깎아 주겠단다. 적정 가격인 것 같아 그렇게 하자고 했던 것이다.

꼰트레네스의 자가용을 타고 멕시코인들이 잘 가는 식당으로 가서 아침을 먹었다. 양고기라는데 그런 대로 먹을 만하다.

멕시코인들은 토요일과 일요일에 가족들이 모여 함께 외식을 한단다.

식사를 하고 나서 어딘지는 모르겠지만 커다란 기념물을 지나는데 그것이 멕시코 혁명 기념관이란다.

멕시코 혁명은 1810년에 이루어졌다는데 그것을 기념하기 위해 세운 건물이다.

엘리베이터가 둘 있지만 일반인들이 위로 올라가는 것은 금지되어 있다고 한다.

그 이유를 물으니, 옛날에는 허용했는데 자살하는 사람들이 많아서 금지시켰단다.

그럼 자살할 사람들은 어디로 가라고?

괜히 걱정이 된다.

그렇다면, 높은 빌딩은 모두 엘리베이터 사용을 금지시켜야 하겠네!

혁명 기념관을 지나서 러시아 혁명가인 트로츠키가 살던 곳으로 가보니 사설 박물관이 있고 입장료가 일인당 20페소이다.

산 관 바우디스타 성당 앞 늑대 분수

멕시코시티 시내 / 코요아칸 / 호치밀코

그러나 실제로 살았던 집은 그 옆이라고 한다.

그 곳을 지나 코요아칸(Coyoacan)으로 갔다.

코요아칸은 스페인 말로 '늑대(wolf)들이 사는 곳'이란다.

그렇지만 이 동네는 부자들이 모여 사는 곳으로 공장도 없고, 나무가 많고, 조용한 주거 지역이다.

아마도 늑대들이 부자로 환생한 것 아닐까? 아니면, 늑대의 속성을 가져야 부자가 되어 이런 곳에서 살 수 있는 건가?

코요아칸의 산 관 바우디스타 성당은 가장 아름다운 성당 중의 하나라며 그곳에 안내를 하는데 성당 앞에는 공원이 아주 잘 꾸며져 있다.

50cm 정도의 관목을 무늬를 그리며 심어 놓았는데 멕시코의 청춘

산 관 바우디스타 성당 앞 공원의 수목

남녀가 모여 연애하는 곳이란다.

이곳의 분수 또한 걸작품인데 '늑대의 도시'답게 늑대 두 마리가 조각되어 있는 사이로 분수가 뿜어져 나온다.

성당은 16세기에 지은 것으로서 스페인 풍이 물씬 흐른다.

특히 천장의 벽화가 걸작이다.

벽면은 역시 금으로 도금한 조각들로 치장되어 있고, 역시 벽화가 있다.

다른 성당과는 달리 벽면에 측실이 없고, 벽 위는 돔이 아니라 천장으로 되어 있으며 벽화가 있고, 양쪽 측면에 유리창이 모자이크로 장식되어 있다.

그렇지만 자세히 보니 벽면에 측실이 전혀 없는 것은 아니고, 주 제단 가까이 왼쪽 벽면으로 측실이 하나 있으며 그곳을 통해 다른 측실로 들어가게 되어 있다.

마침 결혼식을 거행하고 있는 중이다.

이름도 모르는 멕시코인의 결혼식을 참관하고 나오면서 벽면을 보니까만 예수 상이 걸려 있는데 알트로가 그 이유를 설명해 준다.

옛날에 어떤 신부가 음모에 걸려 독을 마시게 되었는데 그 독을 일부 예수 상에 흘렸다는 것이다.

나무 조각으로 된 예수 상은 그 이후 새까맣게 변했다는 전설이다.

또한, 알트로를 통해 벽면에 새겨진 과달루페는 멕시코인의 어머니라 할 수 있다는데 성모 마리아와 동일시된다는 것을 알았다.

멕시코 대통령 중의 하나인 페르난도 코르테스가 살았던 곳이 교회 옆에 있어 그곳을 둘러보고 나와 차를 타고 말린체가 살았던 건물을 지

멕시코시티 시내 / 코요아칸 / 호치밀코

났다.

말린체((Malinche)가 누군가?

말린체는 아즈텍 왕국의 정복자 코르테스(Hernan Córtes)에게 바쳐진 인디안 하녀였는데, 어학에 소질이 있어 스페인어를 금방 습득하여 통역을 맡았다 한다.

이 여자는 코르테스의 정부로서 아즈텍 정복의 선봉이 된 것이다.

한마디로 매국녀로 악명 높은 여자인 것이다.

멕시코인들은 말린체라는 이름을 '정복자의 계집' 또는 '배신자'란 뜻으로 사용하기도 한다.

그래서 그녀가 살던 집도 유명세를 타는 것이다.

여하튼 사람은 착해도 유명해지고, 악해도 유명해지는 법이다. 그리고 유명해진 사람의 집은 덩달아 유명해진다.

우리 집도 유명해질까?

유명해져야 할 텐데-.

그곳을 지나 아즈텍 스타디움으로 갔는데 이곳은 1970년 월드컵이 열린 곳이다.

그런데 오늘은 경기가 있어 스타디움에 들어갈 수 없다고 한다.

옆모습만 보고 호치밀코(Xochimilco)로 향했다.

호치밀코는 물 위에 떠있는 정원(floating garden)이라고 알려진 곳인데, 이곳에서 유람선을 타고 강인지 호수인지를 한 바퀴 돌아보는 것도 나그네에게는 흥이 돋는 운치 있는 일이다.

38. 트로츠키가 살던 곳

39. 호치밀코: 물 위의 정원

2001년 7월 28일(토)

멕시코 시는 옛날에 호수 가운데 있는 섬이었다고 한다.

도시 계획이 잘 되어, 섬 한 가운데에 신전이 있고 그 신전의 앞 뒤 좌우로 큰 도로가 나 있고, 도로에 의해 분할된 네 구역은 각각 지배계층의 주거지, 일반인들의 주거지, 상업 지역 등으로 잘 구획되어 있었다고 한다.

기후가 건조해지면서 주위의 물이 말라 오늘날의 멕시코시티가 되었다는데 아직도 물이 남아 있는 곳이 바로 이 곳 호치밀코(Xochimilco)에 있는 강이란다.

강 위에는 수 백 척의 유람선들이 치장을 하고 있다.

차에서 내리니 꽃을 하나씩 주면서 배를 타라고 하는데 안 탈 수가 없다.

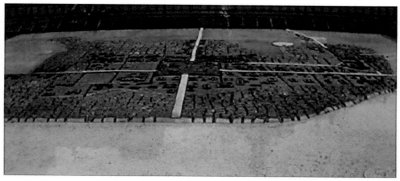

옛날 멕시코 시 모형: 호수 속의 계획 도시

멕시코시티 시내 / 코요아칸 / 호치밀코

호치밀코의 뱃놀이

한 시간 정도 배를 저어 가는데 일인당 50페소(약 7,500원)씩이라고 한다.

알트라 폰세 부부와 함께 배를 타니 사공이 노를 젓는다.

폰세 부부는 콜라를 마시고 나는 맥주를 마신다.

강 옆으로는 나무의 잔뿌리가 보이고 틈틈이 꽃들도 피어 있다.

옆으로는 다른 배들이 부딪치며 지나간다.

악사들이 악기를 연주하는 배가 옆으로 바짝 붙어 계속 따라 온다. 무엇인가 연주하면서-.

그러면서 돈을 달라고 하리라.

그것을 눈치 챘는지 알트라가 무슨 음악인가를 연주해 주길 청한다.

음악을 들으며 가는 도중에도 손으로 짠 천을 파는 배, 옥수수 등 먹을 것들을 파는 배, 수공으로 만든 보석들을 파는 배들이 옆으로 와 물건을 사라고 한다.

알트라가 100페소인가를 연주비로 주니 그 배는 다시 음악을 연주하며 다른 배 옆으로 가 따라붙는다.

참으로 놀기를, 음악을 좋아하는 사람들이다.

뱃놀이를 끝낸 후 물 밖으로 나오니 양 옆에는 기념품들을 파는 가게들이 죽 늘어서 있다.

알트라 폰세 부부와 30분 후에 출발하기로 하고 가게에 있는 물건들을 구경하였다.

저쪽 편에서는 옷이나 식탁보 등 손으로 짠 천을 사용하여 만든 물건들을 파는 곳들이 몰려 있고, 이쪽 편에는 쟁반, 도자기 등등의 기념

호치밀코의 뱃놀이

멕시코시티 시내 / 코요아칸 / 호치밀코

물을 파는 가게들이 몰려 있다.

쟁반은 아즈텍 시대의 태양력을 양각한 무늬가 대종을 이루고 있는데 사 가지고 가서 기념물로 노나 줄 만 하다.

그러나 가방에 넣을 틈이 없음을 상기하고 사지는 않았다. 대신에 구겨 넣을 수 있는 식탁보를 하나 샀다.

알트라 폰소 부부는 약속한 30분이 지나도 오질 않는다. 무슨 물건을 그리 많이 사는지-.

사람들은 다 마찬가지이다.

싸고 좋은 물건을 보면 없는 돈을 쥐어짜서라도 사려고 한다.

여기는 미국보다 물가가 훨씬 싸다. 수공예품 따위는 싸기도 하고, 품질도 좋다.

그러니 알트라 폰소 부부의 쇼핑 관광을 이해할 만하다.

미국에서 비싸게 사는 물건을 이곳에 놀러 와서 사 가는 것이다.

좋은 물건을 싸게 파는 것이 장사의 도(道)다.

소박한 장사꾼들은 무의식적으로도 이 도를 안다. 다만 천박한 산업 자본주의자들만이 속여서 비싸게 파는 것일 뿐!

허긴, 그것을 사는 사람들이 속는 것도 잘못이긴 하다만.

39. 호치밀코: 물 위의 정원

40. 틀라테롤코 유적지의 회오리 무늬

2001년 7월 29일(일)

오늘은 알트로 부부와 함께 멕시코시티 북부를 돌아보기로 한 날이다.

꼰트레네스의 큰 아들이 가지고 온 차에 타고 틀라테롤코(Tlatelolco)의 신전 유적지와 과달루페(Guadalupe)의 성당 등을 보고 테오티후아칸(Teotihuacan)의 피라미드를 본 후 되돌아오는 길에 차풀테펙에 있는 국립 인류학 박물관(Museo Nacional de Antropologia)에 들르기로

틀라테롤코 신전 유적

여정을 짰다.

아침 8시에 꼰트레네스의 맏아들이 차를 몰고 호텔로 왔다.

지 동생하고 함께 왔기에 우리 부부가 뒤에 탔다.

동생도 여행 안내원이 되기 위하여 같이 왔다고 양해를 구한다. 그러니 동생에게는 여행 안내원 실습이 되는 셈이고, 형은 그것을 가르쳐 주고 감독하는 실습 선생인 셈이다.

그들의 말에 의하면 멕시코에서 제일 인기 있는 직종이 여행 안내원이라고 한다.

자가용을 하나 가지고 있으면, 그리고 영어를 할 줄 알면 쉽게 돈을 벌 수 있는 직종이라고 한다.

다른 업종에 비하여 보수도 많고, 비교적 자유롭고, 외국 사람들과 사귈 수 있고, 그러니 놀기 좋아하는 멕시코인들이 선망(羨望)하는 직업일 수밖에 없다는 생각이 들었다.

그러나 좋은 여행 안내원이 되려면 운전은 물론 영어도 잘해야 하고, 유적에 관한 역사나 전설 등을 꿰뚫고 있어야 하며, 자가용도 마련해야 하는 까닭에 생각보다 쉬운 일은 아닐 것이다.

멕시코에서는 우리와 마찬가지로 아들을 선호하고 특히 맏아들을 중히 여긴다.

어제 우리를 안내했던 꼰트라네스의 말에 의하면 아들이 둘이라는데, 이들이 바로 그들이다.

틀라테롤코로 가면서 이 둘을 관찰해 보니 맏이는 맏이로서의 위엄이 흐르고 막내는 막내로서의 티가 난다.

나이가 밝음이 밝은이 또래여서 우리 아이들 생각이 났는데, 이 녀석들은 멕시코인답게 낙천적인 면이 보이긴 하지만, 큰놈은 큰놈답게 의젓하고, 막내는 드러내놓고 샘을 부리는 것은 아니지만 고분고분하다가도 가끔씩 제 형에게 지지 않으려는 마음이 엿보이는 것이 귀엽기도 하다.

맏이와 막내는 이와 같이 성격이 다르다.

꼰트라네스가 아들들을 자랑스러워 할 만하다고 생각한다.

우리도 이들 못지않은 두 아들이 있으니 부러울 것까지는 없지만—.

먼저 도착한 곳이 틀라테롤코(Tlatelolco) 아즈텍 고고학 유적지이다.

이곳에도 인디언들이 세운 피라미드 신전이 있었는데 역시 대부분 부서지고, 16세기에 그 위에 스페인인이 세운 성당이 서 있다.

틀라테롤코 신전을 부수고 세운 성당

과달루페 / 테오티후아칸

그렇지만 이 성당은 멕시코에 있는 대부분의 다른 성당들에 비해 무척 검소하다고 할까, 내부 장식도 별로 없고, 외부 역시 화려하지 않다는 점이 특색이다.

부서진 신전의 잔해를 볼 때 느끼는 것은 역시 멸망한 인디언들의 역사요, 저들의 쓰라린 세월이었다.

진 자나 이긴 자나 결국 사라져 가는 것인데, 왜 싸우고 죽이고 하는 것인지-. 그것이 한 때의 지나친 욕심 때문이 아니겠는가?

서로 사랑하며 살았다면 아름다웠을 것을-.

사랑할 수 없을 정도로 저들에게는 정복이 그렇게 생존의 문제였던가? 아, 허무한 욕심이여!

틀라테롤코 유적지의 회오리 무늬

40. 틀라테롤코 유적지의 회오리 무늬

차풀테펙 박물관에서 본 회오리 무늬

한편 남아 있는 틀라테롤코 유적지의 벽에는 오른 쪽으로 도는 회오리 무늬가 나타나 관심을 끈다.

회오리 무늬는 고대 문명에서 공통적으로 나타나는 무늬라는데ー.

다음 날 갔던 차풀테펙 인류학 박물관에서도 이러한 회오리(소용돌이) 무늬가 있다.

회오리 무늬는 고사리, 앵무조개, 태풍의 소용돌이, 성운(星雲), DNA의 구조 등 자연에서도 발견할 수 있다.

인공적인 회오리무늬는 전 세계에서 가장 오래된 무늬 중의 하나이다.

그 분포는 이집트, 중국, 그리스, 북유럽, 동남아, 중남미, 태평양 등이다. 예컨대, 이라크 바그다드 북쪽의 나선형 탑도 위에서 보면 소용돌이 무늬이다.

우리나라에서도 많이 발견되는데, 남미의 마야나 잉카 유적에서 나타나는 회오리 무늬와의 연관성이 관심을 끈다.

보기를 들건대, 가야의 전사들이 입었던 갑옷에 나타나는 회오리 무늬는 잉카의 전사상에서 나타나는 회오리 무늬와 완전히 일치한다.

또한, 가야의 구리거울, 파형 동기 및 가야 시대 뿔로 만든 잔의 끝부분과 청동기 시대의 청동 검 칼자루 끝에도 소용돌이가 있고, 청동 방울에도 나타나며, 백제 6세기 장고형 그릇 받침에도 회오리 무늬가 있다.

그렇다면 아메리카 인디언들과 우리 민족은 무슨 연관이 있는 것일까?

41. 과달루페 성당과 해시계

2001년 7월 29일(일)

틀라테롤코(Tlatelolco)의 유적지를 떠나 과달루페(Guadalupe)의 성당을 보러 갔다.

과달루페 성당은 세계 3대 성모 발현 성당중 하나로서 가톨릭 신자들이 바티칸 다음으로 많이 방문하는 곳이라 한다.

이른바 가톨릭의 성지이다.

이 성당은 옛 성당 옆에 현대식으로 지어놓았는데, 그 건축술이 교묘하다.

과달루페 성당

과달루페 / 테오티후아칸

밖에서 볼 때엔 원추형인데, 그 안에 들어가면 실내 공간 배치 설계가 독특하다.

기억에 따르면, 아마도 수만 명(?)이 미사를 드릴 수 있도록 설계한 현대식 건물로서 멕시코를 대표하는 손꼽히는 건물이라 한다.

성당 내부를 나와 보니 밖에는 넓은 광장이 있고, 옆에는 기울어진 옛 성당 건물이 있고, 앞쪽으로는 저 멀리 솟아 있는 큰 건축물이 보인다.

햇볕에 반사되어 무엇인지는 잘 모르겠으나 보통 물건은 아니라 생각하여 발걸음을 옮겨 가까이 가보니 시계탑이었다.

앞, 뒤, 옆, 아래, 위로 빙 둘러 해시계를 비롯하여 옛날에 사용했던 시계들을 모아서 탑을 만들어 놓았는데, 이것을 보면 멕시코의 과거가 얼마나 찬란하였는지를 알 수 있다.

멕시코의 인디언들은 시간과 계

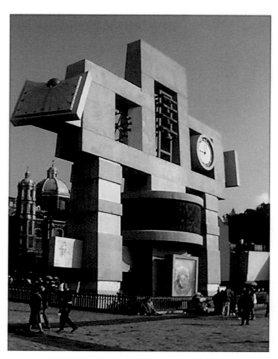

시계탑

41. 과달루페 성당과 해시계

절을 중히 여겼던 것으로 추정된다. 이렇게 시계가 발전된 것을 보니 말이다.

우리나라에만 옛날에 해시계, 물시계가 발전한 것으로 알았는데, 이것들을 보니 멕시코의 옛 주인들인 인디언들의 문화가 우리 못지않았음을 알 수 있다.

우리는 아메리카 인디언들의 역사와 문화에 대해서는 너무 무지하다.

세계사 시간에도 주로 서양 역사만 배웠으니 이들의 역사와 문화를 알 까닭이 없다.

동양 역사도 물론 배우긴 했지만, 주로 중국의 왕조 교체 정도일 뿐, 일본의

시계탑 앞뒷면: 옛 인디언들이 사용한 시계들

역사나 베트남, 미얀마, 인도 등 동남아나 서남아의 역사는 거의 배우질 못했으니, 아메리카 인디언의 역사를 제대로 알 리가 있겠는가?

지금은 어떤지 모르겠으나…….

여하튼 다른 나라의 문화와 역사를 접한다는 것은, 그것도 전혀 이질

과달루페 / 테오티후아칸

적인 것이 아니라 우리와 동질성을 느낄 수 있는 문화를 경험할 수 있다는 것은 여행이 주는 선물이요, 축복 아니겠는가! 정말로 신에게 감사한다.

서양만이 최고이고, 그들만이 최고의 문화를 가지고 있다는 생각은 참으로 잘못된 것이라는 점을 다시 한 번 느낀다.

이곳에 와서 인디언들의 문화를 보기 전까지는 인디언들이 참으로 무지몽매해서 서양 사람들에게 정복된 줄 알았는데, 실상은 전혀 그런 것이 아닌 것이다.

이러한 사시적(斜視的) 시각은 주로 서양 위주의 학교 교육에서 말미암은 것이다.

주로 우리나라 사학자들이 서양문화사를 중심으로 공부하고는 그걸 중심으로 가르쳤기 때문이다.

그러니 하루빨리 잘못된 것은 바로잡아야 한다. 특히 어려서부터 이루어지는 교육은 사실에 바탕을 둔 균형적인 것이어야 한다.

그리고 이러한 여행을 통하여, 또는 다른 이들의 여행기를 읽음으로써, 우리는 새로운 사실들에 접하면서 그 동안 무지했던, 잘못된 생각을 접어야 할 것이다.

아아, 참으로 찬란했던 인디언들의 문화여!

이들의 문화를 볼 수 있어 기쁘고 감사하다.

42. 안 보면 대를 이어 후회하리!

2001년 7월 29일(일)

과달루페의 성당을 떠나 테오티후아칸(Teotihuacan)으로 향한다.

테오티후아칸에는 거대한 멕시코의 피라미드가 있는 곳이다.

이곳은 세계적으로 잘 알려진 곳이고, 멕시코를 방문할 때 가장 가기 쉬운 곳이다. 멕시코시티에서 그리 멀지 않기 때문이다.

또한 이 세계에서 가장 볼 만한 곳 중의 하나이다.

멕시코를 방문하여 여행할 시간이 없다면, 일단 테오티후아칸을 찾아라!

그러지 않으면 대를 이어 후회할 것이다.

그렇지만 이곳은 많은 것이 비밀에 싸여 있는, 알려진 것이 별로 없는 그런 곳이다.

예컨대 누가 이 피라미드를 건설하였는지, 이 도시를 원래 어떻게 불렀는지 조차도 모른다.

다만 BC 700년 이전에 건설되었다고 한다. 비록 두 개의 큰 피라미드가 건설되기 시작한 것은 BC 100년경이 되어서이지만……

고고학자들은 추정하기를 전성기인 AD 500년경 20만 명에 이르는 사람들이 살았으리라 한다.

이 인구는 그 당시 로마보다도 더 큰 도시이며, 세계에서 가장 큰 도시 중의 하나임을 말해 준다.

이 도시는 알 수 없는 이유로 AD 750년쯤 불에 타고 버려졌다.

사람들은 이러한 쇠락이 과잉 인구 때문에 자연 자원이 고갈됨으로

테오티후아칸: 달의 피라미드에서 본 해의 피라미드

써 점진적으로 이루어졌다고 믿고 있다.

이 지역은 그 후 톨텍(Toltecs) 인디언들이 살았고, 아즈텍(Aztecs) 인디언이 이 지역을 발견한 후 테오티후아칸(Tehotihuacan)이라고 불렀는데, 그 의미는 '신의 도시' 또는 '인간이 신이 되는 곳'이라는 뜻이라 한다.

테오티후아칸의 '테오'는 '티우〉치우'와 같은 말로서 '신(神)'이라는 뜻이고, '티'는 '터, 토(土)'와 같은 말이므로, '신의 터'라는 뜻이므로 '신의 도시'라는 뜻은 알겠다.

참고로 시티(city)의 '시'는 '사람들이 모여 있는 곳'을 뜻하는 우리말 시(市)와 같은 말이고, '티'는 '터'라는 뜻이다.

42. 안 보면 대를 이어 후회하리!

그러나 '후아칸'은 무슨 뜻일까?

머리를 굴려보나 잘 모르겠다.

또한 아즈텍 인디언의 '아즈텍'이란 말에서 '아즈'는 '아사, 아시' 따위와 같은 무리의 말로서 '해, 신(神), 아침'이라는 뜻이며, '텍'은 '달, 돌, 다케, 다흐' 따위와 같은 무리의 말로서 '산, 돌'을 뜻하는 우리 옛말이다.

참고로 일본말에서 산을 '다케'라 하고, 터키말에서는 산을 '다흐'라 하다. 우즈베키스탄, 키르키스스탄 등 중앙아시아에서도 역시 산을 '다흐'라 한다.

이때의 '다흐'는 목을 긁어내는 소리로서 '다'에 'ㄹ', 'ㄱ', 'ㅎ'이 섞인 소리이다.

우리 옛말에서는 산을 '달'이라 하는데, 이들 모든 말들이 '닭'에서 변한 말들이다. 그러니 '아즈텍'은 우리말 '아사달'과 그 뜻이 같다.

이를 보더라도 아메리카 인디언들은 우리 민족인 동이족과 연관성이 있는, 혈연관계가 깊은 민족임을 알 수 있다.

북 쪽으로 달려 잠시 후 멕시코시티 교외를 벗어나니, 좌우로 보이는 것이 우리나라의 달동네 비슷하다.

한 시간쯤 달렸을까 저쪽에 피라미드가 보이기 시작한다.

오른 쪽으로는 선인장 밭이 펼쳐 있고, 싱싱한 선인장 열매가 달려 있다.

저 열매만 보면, 지난번에 찔렸던 선인장 열매의 솜털 가시가 생각나 손가락이 따끔거리는 듯하다.

조금 더 가니 주차장이 있고 음식점들이 있다.

음식점에서 안내원인 세자르(꼰트라네스의 큰아들)와 동생(이름을 까

먹었다)에게 아침 겸 점심을 사주고 우리는 역시 닭 탕을 시켰다.

오아하카에서 히에르베 엘 아구아를 관광할 때 먹은 닭 국물과 닭고기 맛을 잊지 못해서, 아니 그것보다는 비위에 맞는 음식을 찾기가 어려운 까닭에 음식점만 가면 '깔도 드 뽀요'(Caldo de Pollo: 닭국)을 시킨다.

물론 "위다웃 실란트라(without Silantra), 노우 실란트라(no Silantra), 오울리 쌀(Only Sal)!"을 외치면서.

점심을 먹은 후 해의 피라미드(Pyramid of the Sun)와 달의 피라미드(Pyramid of the Moon) 옆으로 나 있는 오솔길을 따라 이들이 있는 곳으로 들어간다.

달의 피라미드

42. 안 보면 대를 이어 후회하리!

달의 피라미드에서 본 주검의 도로와 해의 피라미드

물론 오늘은 일요일인 까닭에 입장료는 받지 않는다.

그러나 캠코더는 돈을 받기에 20페소인가 돈을 지불하고 들어가서 달의 피라미드부터 훑어 내려오기로 했다.

안내원인 세자르는 제 동생과 차에 남아 있겠다고 한다.

날씨가 더우니 땀 흘리며 돌아다니기 싫은 모양이다.

피라미드에 관한 전설과 역사 등을 차 속에서 오는 동안 대충 이야기 해 준 것으로 안내를 마치려는 속셈이다.

그렇게 하라고 한 후, 우리 부부만 북쪽에 있는 달의 피라미드로 오른다.

달의 피라미드는 높이가 140피트(약 42미터)인데 이 유적지의 북쪽 끝에 있고 오르는 계단은 남쪽에 있다.

이 피라미드는 해의 피라미드보다는 자지만, 유적 전체를 바라 볼 수 있는 최적의 장소이다.

달의 피라미드에 올라 남쪽을 보면 큰 도로가 시원하게 쭉 뻗어 있는데, 주검의 도로(Avenida de los Muertos)라 부른다.

'주검의 도로'라는 이름은 남북을 축으로 이루어진 이 도로의 양편에 있는 낮은 구조물들이 무덤이었다고 믿었기 때문인데, 이는 인신공양의 전설을 만들어 낸 서양 사람들의 사고가 반영된 이름일 뿐이다.

왜냐면 이들이 무덤이 아님이 밝혀졌기 때문이다.

42. 안 보면 대를 이어 후회하리!

43. 인디언들은 깃털을 되게 좋아한다.

2001년 7월 29일(일)

주검의 도로 변 약간 남남동쪽으로 해의 피라미드가 서 있고, 주검의 도로 저쪽 끝에는 약간 왼쪽으로 케찰코아틀(Quetzalcoatl) 사원의 유적지가 있다.

케찰코아틀 사원은 이곳에서 세 번째로 큰 피라미드이다.

멕시코 인디언들이 모시는 신 중의 하나인 케찰코아틀은 깃털 달린 뱀(Feathered Serpent)을 의미한다는데, 아마도 우리가 생각하는 용의 개념과 비슷한 듯하다.

케찰코아틀이 비와 천둥을 주관하는 신이라는 점에서도 우리의 '용'과 같은 신이 아닌가 생각한다.

아마도 '케찰'은 '깃털'이라는 말일 게다. 혹 '케찰'이 우리말 '깃털'에서 변한 말은 아닐까?

이건 앞으로의 연구 과제이다.

그렇다면, '코아틀'은 무엇일까? '코아틀'은 '깃털 달린 뱀' 곧, '용'의 형상으로 나타나는데, '신'을 뜻하는 말이라 한다.

혹시 우리말로 '비비 꼬이고(코아) 틀어진(틀) 형태의 동물'이라서 '코아틀' 아닐까?

몸을 꼬아 틀어진 동물은 뱀 또는 용이고, 이들을 신으로 섬겼기 때문에 '신'을 뜻하는 말이 되었다고 한다면 억지일까?

'케찰코아틀'의 깃털은 사자의 갈기처럼 그려져 있고, 총천연색이다.

과달루페 / 테오티후아칸

해의 피라미드에서 본 달의 피라미드

'코아틀'이라는 인디언들의 신은 착함(善 선)과 건강의 신이다.

이 신은 인신공양을 증오하는 신으로 알려져 있다.

사람뿐이 아니라 살아 있는 것은 그것이 아주 작은 동물일지도 코아틀에게 공양되어서는 안 되며, 대신 우리 속에 갇혀 있던 생물들, 나비나 새 들을 자유롭게 풀어주라고 가르치는 신이다(http://blog.naver.com/shinhwa4740?Redirect=Log&logNo=50033143579 참조).

참으로 훌륭한 신이다.

이런 멕시코 인디언들의 신화를 보았을 때, 멕시코 피라미드들이 인신공양을 위한 제단이라는 서양 고고학자들의 주장은 터무니없는 저들만의 억측일 뿐이다.

43. 인디언들은 깃털을 되게 좋아한다.

달의 피라미드에서 남쪽을 향해 볼 때 오른쪽 대각선 방향에는 케찰
파팔로틀(Quetzalpapalotl) 궁전이 복원되고 있다.

매우 정교하고 아름다운 이 건물들은 아마도 지배 계급이나 승려들
의 거주지였을 것으로 추정된다.

이곳의 벽화(mural)는 비교적 잘 보존되어 있고, 집 안의 정원에는
물과 관련된 여러 가지 상징들 및 깃털 달린 나비(Feathered Butterfly)
를 나타내는 케찰파팔로틀을 묘사한 장식들이 얕게 돋을새김 되어 있는
기둥들이 남아 있다.

이 궁전의 바로 밑에는 자갈의 궁전(Palace of the Jaguars)이 있
고, 케찰파팔로틀 궁전 아래 아름답게 장식된 사원의 한편에는 화환을

해의 피라미드 앞 제단

인디언들이 깃털 장식

두른 듯 곤두세운 깃털을 새겨 놓은 커다란 달팽이가 새겨진 깃털 달린 달팽이의 방(Substructure of the Feathered Snails)이 있다.

    멕시코 인디언들이 신으로 모시는 케찰코아틀은 '깃털달린 뱀(용)'이고, 케찰파파로틀 궁전은 '깃털달린 나비의 궁전'이고, 이 안엔 '깃털달린 달팽이'의 방이 있다.

    멕시코 인디언의 후예들은 '케찰'이라는 말을 되게 좋아한다.

    중앙아메리카에서 가장 아름다운 새로 칭송받는 새의 이름도 '케찰'이다.

    아마 그 깃털이 아름다워 '케찰'이라 부르는 것이리라.

    멕시코에선 뱀도, 나비도, 달팽이도, 새도 깃털을 달아야 한 몫을 한

43. 인디언들은 깃털을 되게 좋아한다.

다.

그래서 인디언들은 깃털 장식을 하는 모양이다.

지금 생각해 보니, 멕시코시티 조칼로 광장에서 본 676년만에 한 번씩 열린다는 무리춤[군무: 群舞]에 출연한 사람들도 깃털을 달고 있다.

이들은 모두 인디언 복장을 하고 춤을 추는데, 인디언 복장의 특징 중의 하나가 깃털 달린 모자와 깃털 달린 목도리이다.

혹자는 이러한 깃털을 새와 관련지어 '하늘 민족'을 상징한다고 보고 있다.

이 말이 전혀 틀린 말이 아니지만, 내 생각에는 태양의 빛이 태양 주위로 뻗어나가는 형상을 표현한 것으로 본다. 곧, 이러한 깃털은 (태양)신의 위엄을 나타내기 위한 것으로 본다.

그렇다면, 이러한 깃털이 동이족과 관련되는 것은 아닐까?

깃을 꽂은 관을 쓰던 것이 우리 민족이었으니, 아마 틀림없이 관련되어 있을 것이다.

여하튼 멕시코 인디언들이 깃털을 매우 좋아한다는 것이 오늘의 결론이다.

44. 달의 피라미드, 해의 피라미드

2001년 7월 29일(일)

달의 피라미드에서 내려와 오른 쪽에 있는 케찰파팔로틀 궁전을 지나 해의 피라미드로 향한다.

주검의 도로에는 많은 관광객들이 몰려다니고, 그 사이를 수공예품을 들고 쫓아다니는 장사꾼들이 끈질기다.

세상에서 제일 끈질긴 사람들 중의 하나일 것이다.

그 끈질김으로 다른 일을 했으면 버얼써 성공했을 텐데……. 첫발을 잘못 디딘 것이다.

무릇 성공하려면 첫발을 잘 디뎌야 하는 것이다. 첫발을 어디로 띠느냐에 따라 인생이 달라진다.

물론 "두 번째 발을 되돌려 나올 수도 있지 않냐?"고 빡빡 우기는 사람이 없는 건 아니다.

그렇지만 그렇게 우길 수는 있어도, 두 번째, 세 번째 발걸음을 다른 방향으로 돌릴 수 있는 지혜와 용기가 있는 사람은 드물다.

특히 그렇게 빡빡 우기는 사람치고 방향을 돌리는 사람은 거의 보지 못했다.

물론 그 가능성을 부인하는 것은 아니다.

그러니 나보고 너무 뭐라고 하지는 마시라.

그렇지만, 관성의 법칙이라는 것이 있어 그것이 그렇게 쉽지 않다.

관성의 법칙을 깨부수려면, 잘못 가는 길을 걷고 있는지를 성찰할 수 있는 지혜와 함께, 발걸음을 되돌릴 수 있는 정말 대단한 용기가 필요한 것이다.

이 자리를 빌려 관성의 법칙을 가르쳐 준 뉴턴 씨에게 감사한다.

어찌되었든, 중간에 그만 둘 수 있는 용기, 이거, 보통 사람에게서는 발견하기 어려운 용기이다.

그리고 또 배운다.

끈질긴 장사꾼처럼만 하면 어느

해의 피라미드

분야에서건 성공할 수 있다는 자신감이다. 제대로 자기 적성에 맞고 능력에 맞는 일을 택하였다면 말이다.

그렇지만 늘 문제는 "끈질김이 아니라 제대로 가고 있는가?"에 있는 것인데, 이것을 본인은 물론, 용하다는 미아리 점쟁이도 모르는 것이라서 어쩔 수 없는 길을 그냥 걷는 것이다.

끈질기게!

해의 피라미드는 이 유적지에서 제일 큰 피라미드로서 세계에서 세 번째로 큰 피라미드이다.

해의 피라미드

　꼬르도바에 머물 때 가 본 촐룰라(Cholula) 피라미드와 이집트(Egypt) 의 체옵스(Cheops)에 있는 피라미드 다음으로 크다고 하는데, 높이는 250피트(75미터)가 넘으며 5층으로 구성되어 있고 밑변은 각각 대략 735피트(221미터)이다.

　화산석으로 만든 아도베 벽돌로 지은 이 피라미드는 거대한 산처럼 보이는데 그곳에 오르는 사람들이 인산인해를 이룬다.

　248개의 계단을 통해 서쪽에서 올라가는데 너무 사람이 많아 밀리고 밀리면서 천천히 한 층씩 올라가 숨을 고르고 아래를 전망하며 쉬엄쉬엄 오르니 그렇게 힘든 줄은 모르겠으나, 꼭대기에서 내려다보는 경치가 장관이다.

"정말로 높기는 높구나!"라는 생각이 든다.

촐룰라의 피라미드는 흙 속에 묻혀 야산처럼 보이는 까닭에 세계에서 제일 큰 피라미드이라고는 하나 실감이 나지 않는데 반하여 이 피라미드는 그 크기가 정말 실감이 난다.

해의 피라미드와 달의 피라미드 꼭대기에는 아마도 제사를 지내던 신전이 서 있었을 것으로 추정된다.

이러한 거대한 건축물들이 약 2,000년 전에 세워졌다는데 아직도 누가 어떻게 세웠는지는 밝혀지지 않고 있다.

누군지는 모르겠으나, 고생 참 많이 했을 거다.

1998년 달의 피라미드 안에 있는 무덤과 제물(祭物)들이 발굴되었는

해의 피라미드에서 본 사제들 주거지

과달루페 / 테오티후아칸

달의 피라미드 옆의 사제들의 주거지

데, 옥(玉)과 흑요석(黑耀石)으로 만든 조각들과 해골의 잔해로부터 단지 사회적 신분이 높은 사람의 무덤으로 추정할 수 있을 뿐 아직도 그 수수께끼는 풀리지 않고 있다.

거대한 피라미드는 남아 있는데, 이것을 만든 이들은 어디로 갔는가?

해의 피라미드를 조심스레 내려오니 벌써 세자르와 약속한 시간이 다 되어가고 있다.

45. 차풀테펙 인류학 박물관의 상투 튼 사나이

2001년 7월 29일(일)

테오티후아칸의 피라미드를 보고 난 후 돌아오는 길에 차풀테펙 (Chapultepec)에서 내렸다.

차풀테펙에는 국립 인류학 박물관(Museo Nacional de Antropologia), 식물원, 동물원, 국제현대미술관 등이 있기 때문이다.

인류학 박물관 앞으로 가니 인디언 춤을 추고 있는 광경이 눈에 들어온다.

복장이며, 몸짓이며, 추임새가 며칠 전 조칼로 광장에서 보았던 인디언 춤과 똑 같다.

화려한 장식 깃털이며, 발목에 두른 악기며, 이들의 춤은 다시 보아도 현란하고 재미있다.

일요일 이곳 공원에 놀러 나온 사람들이 이를 구경하느라 넋을 놓고 있다.

멕시코인들은 아마도 저들의 어머니 쪽 조상인 인디언의 찬란했던 문화를 그리워하는 듯하다.

정복자인 스페인인들은 인디언 남자들을 죽이고, 여자들은 데리고 삶으로써 그들의 후손으로 메스티소라는 혼혈 인종을 만들어 냈고, 멕시코인 대부분이 메스티소이며, 현재 9800만 인구 중 순수한 인디언 혈통을 가진 사람은 100만밖에 안 된다고 한다.

정복자(스페인인)와 정복당한 자(멕시코 인디언) 사이에 태어난 자식들이 정복자의 문화가 아니라 정복당한 자의 문화를 다시 찾으려 하는 것을 볼 때, 비록 정복당했더라도 그 문화나 예술은 살아 있는 것이다.

역시 '인생은 짧고, 예술은 길다'는 말이 틀린 말은 아니다.

여하튼 옛 문화를 복원하는 것은 좋은 일이다.

배도 출출하여 밀라네자(일종의 돈가스 햄버거 같은 것)로 군것질을 한 후, 인류학 박물관으로 들어섰는데 눈에 띄는 건물의 모양이 특이하다.

하나의 기둥 위에 넓은 판을 올려놓은 것 같은 건물이 눈에 띄는데, 그 기둥에는 물이 흐른다.

차풀테펙 박물관

인간의 발상은 참으로 한이 없는 것이다.

박물관은 2층으로 만들어져 여러 개의 방으로 나뉘어 있는데, 매우 넓고, 또한 유물들이 엄청 많아 자세히 보다가는 며칠 동안 보아도 제대로 다 보기 어려운 분량이다. 정말 유

45. 차풀테펙 인류학 박물관의 상투 튼 사나이

물들이 많다.

인디언들의 역사는 정복당함으로써 신비에 묻혀 버렸지만 유물들은 정말로 많이 남아 있는 것이다.

이곳에는 주로 테오티후아칸 등 멕시코의 유적지에서 나온 유물들을 전시하고 있는데, 거대한 석상도 있고, 돌로 만든 커다란 조각물들이 눈을 끈다.

특히 사람 모양의 거대한 석상은

레이저 총을 든 우주인?

테오티후아칸의 피라미드를 만든 사람들이 자신들을 표현한 걸작품이 아닐까 생각되는데 이들이 외계인일 것이라는 설도 있다.

예컨대, 석상이 입고 있는 옷은 공상 영화나 만화에서 나오는 우주복이며 오른 손에는 레이저 총을 들고 있다고 주장하는 학자들도 있다는데 ─.

정말 그런가?

여하튼 2,000년 전 거대한 피라미드를 만들었으니, 그리고 그들의 역사가 신비 속에 묻혀 있으니 이러한 상상도 무리는 아니다.

그러나 이들이 어떤 사람들인지는 이들의 유물, 특히 옛 인디언들에 관한 그림과 사람 모양의 조그만 조각들을 통해서 대충 유추해 볼 수 있을 것인데 특이한 것은 이들이 상투를 틀고 있다는 점이다.

차풀테펙의 인류학 박물관과 멕시코시티의 조칼로 광장 옆에 있는 마요르 신전 박물관에서 찍은 사진들을 자세히 보면 모두 상투를 틀고 있음을 알 수 있다. 곧, 옛 인디언들에 관한 그림들과 조각들에서 상투를 틀고 있음을 볼 수 확인할 수 있다.

마요르 박물관: 상투 튼 인디언 그림

45. 차풀테펙 인류학 박물관의 상투 튼 사나이

마요르 박물관: 상투 튼 조각들과 그림

멕시코시티 / 차풀테펙

차풀테펙 박물관: 인디언 주거지

　　이들이 상투를 틀고 있는 것을 볼 때, 옛날 우리나라의 역사 시간에 배웠던 "우리 민족(동이족)만 상투를 트는 관습이 있다"는 것이 상기되었다.

　　그렇다면, 이들은 빙하기 때 알래스카를 지나 동쪽으로 이주한 동이족의 일파인가?

　　우리의 전설(동북아시아의 전설)에 따르면 옛날에 동이족의 일파가 동쪽으로 갔다고 한다.

　　아마도 이들 유물을 볼 때, 마야 문명을 일으켰던 이들이 아마도 우리 민족과는 혈연적으로 상당히 가까운 사람들이 아닐까 생각한다.

45. 차풀테펙 인류학 박물관의 상투 튼 사나이

46. 한국 음식점은 너무 비싸!

외국에 나와 살거나 여행하다 보면 그리운 것이 김치와 된장 등 한국 음식이다.

20여 년 전 미국에 유학할 때만 해도 외국인들은 김치 냄새만 맡아도 코를 찡그렸다. 불고기 하나만은 어느 외국인도 다 좋아하였지만.

그러나 20여 년이 지난 오늘날엔, 김치를 좋아하는 외국인들이 기하급수적으로 늘어났다. 이른 바 김치광들이 엄청 많아졌기에 김치 냄새 때문에 창피하다거나 파티 때 김치를 내놓지 못하는 경우는 거의 없어졌다. 완전식품이라 불리는 김치가 세계적인 식품으로 자리 잡은 것이다.

멕시코에 와서 벌써 거의 한 달이 다 되어가니 김치 생각이 안 날 수 없다.

주내와 한국 음식점을 찾아 조나 로사(Zona Rosa)라는 지역으로 전철을 타고 간다.

전 날 호텔에서 전화번호부를 뒤져 한국 음식점을 찾았으나 찾지 못하고 프런트에 물어보니 조나 로사 지역에 음식점이 많으니 찾아보라는 것이었다.

길거리에서 지나는 사람들을 보고, 또는 음식점에 들려 한국 음식점을 물어물어 찾아 낸 곳이 ooo이라는 한국 음식점이다.

들어가 한국 주인을 만나니 반갑기도 하고, 김치찌개(65페소: 약 9,000원)와 영광 굴비 백반(80페소: 약 11,000원)을 시킨다.

말만 영광 굴비이지 실제로 나온 것은 물론 영광 굴비가 아니었으

멕시코시티 / 차풀테펙

조나 로사의 거리

나 음식 맛은 그저 그런 대로 오랜만에 먹을 만했다.

다음날은 테오티후아칸의 피라미드를 택시로 관광한 후, 차풀테팩(Chapultepec)의 인류학 박물관에 내려 박물관을 보고 조나 로사 지역으로 가 한국 음식점 OOO에서 저녁을 먹었다.

이곳에서는 얼큰한 낙지구이(2인 분 150페소: 약 22,000원)에 소주(110페소: 15,000원)를 한 잔 했는데, 음식 맛도 괜찮고 주인 아저씨도 서글서글하니 좋았다.

그렇지만, 두 한국 음식점에서 식사를 하면서 느낀 것은 "과연 한국 음식점이 다른 음식점, 예컨대, 중국 음식점과 비교해서 경쟁력이 있을까?"라는 점이다.

물론 음식 자체의 맛으로 말한다면 충분히 경쟁력이 있다.

그렇지만 가격을 다른 나라의 음식점과 비교해 볼 때 매우 비싸다.

46. 한국 음식점은 너무 비싸!

물론 한국 음식이 손이 많이 가니까 비쌀 수밖에 없을지 모른다.

또한 음식은 기호품이니까 비싸면 비싼 대로 먹고 싶은 사람은 찾을 것이다.

그러나 맥주 가격을 비교해 보면, 그 동안 들려 보았던 중국 음식점이나 멕시칸 음식점에서는 맥주 한 병에 10페소(약 1400원) 내지 12페소(약 1500원)를 받는데 비해(예컨대, 내가 머물렀던 호텔의 바(bar)에서도 12페소를 받는다) 한국 음식점에서는 한 곳은 15페소(약 2,200원)를, 다른 한 곳은 20페소(약 2800원)를 받는다.

그렇다면 누가 한국 음식점엘 가겠는가?

식사를 하면서 맥주 한 잔을 하는 것은 이곳의 일반적인 관례이다. 물이 부족하기 때문에 물도 6페소 내지 8페소(약 1000원) 정도 받기 때문에 사람들은 물 대신 맥주나 주스 등을 마시곤 한다.

음식값이야 재료가 다르고 손이 얼마나 많이 가는가에 따라 가격이 달라진다고 하지만, 맥주 가격이야 그렇지 않지 않은가?

또한 한국 음식도 그렇다.

아무리 손이 많이 간다고 해도 다른 음식점과 비교해서 너무 비싸다는 느낌은 지울 수 없다.

더 싸게 받을 수도 충분히 있다고 보는 까닭이다.

중국 음식점에서는 새우볶음밥을 하나 시켜 둘이 노나 먹어도 배가 부르다. 하나 시킨다고 뭐라 하지도 않고, 접시도, 수저와 젓가락도, 손님 수대로 가져다준다.

음식값 38페소(약 5,000원)에 음료수 10-15페소, 팁 10페소(약 1,300원), 총 60-70페소(약 8,500원-10,000원)면 둘이 눈치 안 보고

멕시코시티 / 차풀테펙

먹을 수 있다.

그렇지만 한국 음식점에선 음식을 하나 시켜 둘이 먹을 수가 없다. 양도 충분하지 않으려니와 눈치가 보이는 것이다.

앞에 든 두 한국 음식점을 예로 들 때, 가장 싼 것이 60페소(약 8,500원)이다. 음료수 가격을 이에 포함시키면, 최소한 두 사람이 먹을 때 아무리 적어도 150페소(약 22,000원) 이상 들어간다.

한국 돈으로 따진다면 얼마 되지 않는 돈일지 모르겠으나, 이곳의 싼 물가를 생각하면 엄청 비싼 값이다.

적어도 두 배 이상 되는 가격이다. 그러니 경쟁이 되겠는가?

결국 한국 음식점엔 외국 손님은 안 오고 한국 사람들만 찾게 된다. 예컨대, 멕시코인이나 외국인은 한국 음식점을 찾지 않는다.

한 번 와서 메뉴를 보면, 맥주 가격 자체가 더 비싸다는 것을 알게 되고 그 이후에는 안 찾는 것이다.

그렇다고, 맥주 가격이나 음식 가격이 비싼 만큼 일류 음식점처럼 제복을 갖추어 입은 웨이터가 서비스를 잘하는가? 아니면, 깨끗하기를 한가? 대부분의 한국 음식점은 깨끗하지 않다.

대개 불고기 등을 구울 수 있도록 만들기 때문에 음식점 바닥이나 벽 등이 호사스럽지 못한 것이 보통이다.

그러니, 외국인이 한국 음식점을 찾을 리 만무인 것이다. 반면에 중국 음식점엔 외국 손님들이 바글바글하다.

외국의 한국 음식점은 한국인이 먹여 살리는 꼴이다.

좀 나쁘게 말한다면, 현재 외국에 있는 한국 음식점은 한국에서 온 여행객이나 그곳에 사는 교포들에게 바가지 씌우는 꼴이라 아니할 수 없

46. 한국 음식점은 너무 비싸!

다.

좀 더 싸고 친절하게, 그리고 깨끗하게 한다면, 적어도 맥주 가격 등 비교 가능한 음식이나 음료수 가격만이라도 싸게 받는다면, 한국 음식점 의 외국인 고객을 늘리는 것은 어렵지 않을 것이다.

그런 것을 비싸게 받음으로써 외국에 와서 말 안 통하고, 한국 음식 이 먹고 싶은 우리 한국 사람만 이용하게 된다.

결국 한국 음식점은 한정된 한국 사람만 상대로 하다 보니 동업자들 끼리만 경쟁을 하고 같은 동포에게만 바가지를 씌우는 꼴이 되는 것이 다.

만약 좀 더 싸게 받을 수만 있다면 외국 음식점과 충분한 경쟁 상대

오리자바 봉

멕시코시티 / 차풀테펙

가 될 것이고 외국 손님을 우리 한국 음식점으로 끌어들일 수 있을 것이다.

그렇다면, 한국 음식점끼리 경쟁하지 않아도 되고, 또한 외국에 나와 있는 우리 동포들에게도 싸게 음식을 공급할 수 있지 아니한가!

외국에서 한국음식점을 하시는 교포분들 반성해야 한다.

47. 따발총을 든 순경들

멕시코시티에는 거리에 순경들도 많다.

더운 여름철인 데도 불구하고 손목까지 내려오는 푸른색의 긴 정복을 입고 손에는 기관단총을 든 순경들이 길거리 여기저기에 서 있는 것이다.

기관단총은 옛날 6.25 때 인민군이 쓰던 따발총처럼 생겼다. 한국전쟁을 직접 눈으로 겪은 것은 아니지만, 이들이 가지고 있는 총은 영락없이 초등학교 다닐 때 만화책에서 흔히 보던 바로 그 따발총이다.

멕시코시티 거리의 분수

"멕시코의 치안 상태가 좋지 않다."는 말과 함께, "도둑과 소매치기를 조심하라"는 말을 멕시코 오기 전까지 수없이 들었다. 심지어는 "위험해서 여행하겠는가?" 의아심을 표명하는 친구들도 많았다.

실제로 고속도로 톨게이트에는 이러한 따발총을 든 순경들이 한 무더기 있는데, 이들이 있는 이유는 고속도로 톨게이트에서 받는 돈을 강탈해 가는 도둑을 막기 위해서라고 한다.

또한 고속버스를 탈 때에도, 짐은 따로 부쳐야 하고 몸 수색을 받아야 한다.

그렇지만, 별로 위험을 느낀 적은 없었고, 만나는 멕시코인들마다 친절하고, 낭만적이고, 순박하고, 어떤 때는 그들의 대범함을 느끼기도 했

조칼로 광장 하기식

47. 따발총을 든 순경들

멕시코시티 시 성당

지만 위험하다든가 무섭다는 생각은 한 번도 못해 봤다.

멕시코인들이 좀 얼렁뚱땅하기는 하지만, 그래서 가끔 가다 사람을 속이거나 대충 대충 넘어가기는 하지만……. 그렇게 말처럼 위험하진 않은 것 같다.

멕시코 오기를 참 잘 했다고 생각한다.

그런데 거리마다 웬 순경들이 그리 많은지……. 아마도 그렇기 때문에 더욱 관광객들의 신변이 안전한지도 모르겠다.

이와 같이 생각을 바꾸어 보면 편하다.

순경이 많은 것을 보고 '치안이 나쁘구나' 생각하여 불안에 떨겠는 가? 아니면, '순경이 많으니 안전하겠구나'라고 생각하며 편하게 즐기겠는가?

설령 안전하지 않더라도, 위험을 당할 때 당하더라도, 그때까지 만큼은 불안에 떨 필요가 없는 것이다.

모든 현상에는 부정과 긍정의 두 가지 측면이 있는 것이다.

여러분들이 이 세상을 어떻게 볼 것인가는 여러분에게 달려 있는 것이지만, 쓴 이로서는 "이 세상 편하게 살라."고 권하고 싶다.

그렇지만, 결코 여러분의 생활을 간섭하는 것은 아니니 오해 마시라!

다시 본론으로 돌아가자.

처음에는 따발총을 든 순경들을 보면 괜히 주눅이 들곤 했다.

그렇지만 길을 물어보면 친절하게 가르쳐 주고, 순박한 미소를 지을

시 성당 뒤편

47. 따발총을 든 순경들

땐 그것이 오해였다는 생각과 함께 괜히 미안한 생각도 든다.

그러나 평상시에는 온순한 이들이지만 강도나 도둑에게는 아주 난폭하다고 한다.

순경이 불심 검문을 하든지 순경이 연행하려 할 때 반항을 하거나 마음에 들지 않으면 반쯤 죽여 놓는다고 한다.

그러니, 여행자들은 멕시코를 여행하는 도중에는 무슨 일이 있든지 간에, "순경에게는 절대 반항하거나 항의하지 말라"는 것을 금과옥조로 삼아야 한다.

"그냥 순순히 경찰서 유치장까지 가든지, 아니면, 가는 도중에 돈을 조금 쥐어 주든지 하라."는 말도 있다.

어차피 경찰서에 끌려가도 결국 돈을 주면 풀어준다니까 미리 주는 것이 나을지도 모른다.

그렇지만, 이들에게 항의를 하려면 반쯤 죽을 각오를 해야 한다고 한다.

법을 집행하는 이들이지만 이들이 행사하는 폭력은 그야말로 법보다 앞서는 것이니까. 법보다는 주먹이 먼저다.

아마도 대통령 궁 앞의 데모대가 정해진 시간이 되면 깨끗하게 자진 해산하는 이유도 그렇게 하지 않으면 죽지 않을 정도로 엄청 얻어맞기 때문이리라.

일단 용의자는 두들겨 패고 보는 것이 이들이기 때문이다.

우리나라 파출소에서 술에 취해 순경에게 엉겨 붙던 투쟁심 강한 분들이 이곳을 여행할 때에는 특히 조심하셔야 할 것이다.

제 버릇 개 못준다고 한국에서처럼 순경을 대했다간, 잘못하면 사랑하는 조국을 다시 보지 못할지도 모른다.

그리고 도망가면 총을 쏘아버리니까--따발총은 폼으로 가지고 있는 것이 절대 아니다--눈치를 잘 살펴 재빨리 현명한 선택을 해야 무사할 것이다.

그렇지만 직접 두들겨 패는 것을 보지는 못했고, 겉으로 보기엔 조금 무시무시하지만 며칠 지내다 보니 그저 그렇다.

오히려 이들이 있으면 안심이 된다.

47. 따발총을 든 순경들

48. 멕시카나 비행기 결항, 천재지변이라고?

2001년 7월 31일(화)

오늘 출발하는 비행기는 오후 8시 비행기이지만 12시 이전에 체크아 웃을 하여야 하는 까닭에 아침에 느긋하게 일어나 샤워를 하고 간단하게 아침을 먹었다.

짐을 정리하는데 주내가 오리 털 잠바를 버리고 가라고 한다.

무거운 것은 아니지만 부피를 워낙 많이 차지하기 때문에 잠바를 빼 내니 가방에 여유가 많이 생긴다.

비우면 가벼워지는 것을!

옷이 떨어지지도 않았고 아직도 사용할 수 있으니 버리기는 아깝다. 주내 말로는 방에 걸어 놓으면 청소부 아줌마가 가져다 버리든지 누굴 주든지 할 거라며 걸어 놓고 나가자고 한다.

마침 청소부 아줌마가 다른 방을 청소하다가 낯이 익어서인지 반갑 게 인사를 한다.

청소부 아줌마에게 옷을 놓고 가니 누구 줄 사람 있으면 주라고 말 하고 방을 나왔다.

아직 시간이 많지만 공항에 맡겨 놓은 가방을 다시 찾아야 하니 점 심 먹은 후 2시쯤 출발하기로 했다.

점심을 먹고 전철을 타고 느긋하게 공항에 와서 짐을 찾고 나서도 시간이 세 시간이나 남아 있다. 출국 수속을 하려면 아직도 멀었으니, 공항 안을 어슬렁거리며 이것저것 구경을 한다.

6시쯤 출국 수속을 한 후, 개찰구를 지나 공항 안의 게이트 앞에 있

정부 건물

는 의자에 주내를 앉혀 놓고 면세점을 이곳저곳 기웃거린다.

그런데 갑자기 소나기가 내리는 것이었다.

열대 지역의 지나가는 비이려니 생각했는데 천둥과 번개가 치고 폭우가 쏟아져 내린다.

8시 멕시카나 비행기인데 8시가 가까이 되어도 탑승을 시키지 않는다.

안내 방송에 귀를 기울이고 있자니 우리가 탈 비행기의 출발이 지연된다는 말이 들린다.

안내 데스크에 가서 물어보니 기다려 보라고 한다. 다시 한참 있으니 결항되었다는 안내 방송이 나온다.

이 비행기를 타야 로스엔젤레스에서 대한항공으로 갈아탈 수 있는데……

안내 데스크에 가서 이 비행기가 결항되면 어떻게 해야 하는가 물었더니, 표를 바꾸어 그 다음 비행기를 타야 한다는 것이다.

우리가 탈 비행기만 결항되고 그 다음 비행기는 이륙을 한다고 한다.

LA에서 갈아타는 시간에는 약 2시간 반 여유가 있으니 그 다음 비행기라도 타기 위해서 표를 바꾸어야 되겠다며 안내원에게 이야기를 하니, 공항 밖으로 나가 표를 바꾸어 와야 한다고 한다.

안내원이 공항 밖으로 나가는 길을 가르쳐 주어 주내와 짐만 공항 내에 남기고, 비행기 표와 여권만 들고 나만 나와 다시 매표창구로 갔다.

그러나 매표창구에서는 무조건 기다리라고 한다. 그러더니 매표창구 안쪽의 방안으로 들어가 전혀 감감 무소식인 것이다.

그러다가 밖으로 나와 물어보면 처리 중이니 기다리란다.

이 사람에게 말해도 안 되고, 저 사람에게 말해도 안 되고, 시간은 벌써 한 시간도 더 지났는데…….

이제 공항 안의 주내가 걱정된다.

할 수 없이 매니저를 불러 달라고 하였더니 나이가 40쯤 되어 보이는 여자가 나타났다.

매니저에게 이야기를 하였더니 역시 기다리란다.

일행이 공항 안에 있어 이 상황을 연락이라도 해야겠다고 했더니, 공항 안의 안내 데스크 쪽으로 전화를 걸어주는데 계속 통화 중이다.

그러더니 또 다른 일을 한다.

오늘 못 가는 건 고사하고, 안에서 기다리는 주내가 얼마나 애가 탈까 생각하여 안절부절못하는 건 나뿐이다.

이들은 느긋하니 자기들 일만 하고 자기들끼리 농담을 하고, 항의를 하고 부탁을 하면 기다리라는 말만 반복한다.

멕시코시티 / 차풀테펙

250

멕시코시티: 조칼로 광장

몇 번 이야기를 하니, 우리가 예약했던 비행기는 탈 수가 없고, 다른 비행기로 LA로 가게 되면 LA에서 한국 가는 비행기가 연결되어야 하는데, 한국 가는 비행기 좌석이 없어서 안 된다는 것이다.

결국, 주내라도 데리고 나와야겠다 싶어, 다시 공항 안으로 들어가 주내와 함께 공항 밖으로 나와 매표소에 있는 매니저에게 갔다.

계속 기다리라는데 벌써 12시가 지났다.

매니저 책상 앞에 앉아서 기다렸더니 나가서 기다리란다.

사무실 밖으로 나오며 생각하니, 저녁도 재대로 못 먹고 이 무슨 고생인가 싶다.

공항 내 가게에서 햄버거를 하나 사 가지고 배를 채우고 나서 다시 매니저에게 갔다.

주내는 주내대로 밖에서 왔다 갔다 하는 멕시카나의 부지점장쯤 되는 남자에게 너희들 비행기 결항 때문에 우리가 이러이러한 상황에 처해 있다고 이야기한다.

그러나 이 친구 역시 기다리라고 해 놓고는 사무실로 들어가 나오지를 않는 거다.

사무실 문을 열고 들어가려니 사무실 문 앞에 외인 출입 금지라는 팻말을 내걸고는 무조건 나가라는 것이다.

좋은 말로 해도 도저히 통하지를 않으니 이제 화를 내는 수밖에 없다.

한국 대사관이나 영사관에 신분을 핑계 삼아 전화를 해볼까 하다가, 괜히 한 밤중에 못할 일 같기도 하고 공무로 온 것도 아니어서 그만 두었다.

당시 필자는 대한민국 대통령이 임명한 민주평화통일자문회의 자문위원이었다.

그렇지만 그냥 재외국민의 신분으로서 해외 공관에 도움을 요청해도 안 될 것은 없겠으나, 꼭 제 날짜에 들어가야 할 중요한 일이 있는 것도 아닌데다가 한 밤중에 해외에서 고생하는 분들에게 차마 못할 짓인 듯싶어 멕시카나와의 협상을 통해 해결하려 한 것이다.

화를 냈다, 달랬다 하면서 싸우고 싸우다 보니 저들이 제일 빠른 표를 구해 준다는 것이 사흘 후의 표이고 그것도 샌프란시스코로 가서 싱가포르 항공으로 갈아타고 인천 공항으로 들어가는 표밖에 없다는 것이다.

8월 중순 이후부터는 미국에서 한국에 들어가는 표가 모두 예약되어

멕시코시티 / 차풀테펙

있어 구하기가 어렵다는 말은 들었어도 사흘이나 걸릴 줄은 몰랐는데…….

매니저에게 일단 LA로 보내주면 그곳에서 대기하였다가 자리가 나는 대로 서울로 들어갈 테니 LA까지 갈 수 있도록 해 달라니까, LA 가는 자기들 비행기는 여석이 있으니 당장이라도 해줄 수 있으나 서울로 가는 비행기가 예약되지 않기 때문에 안 된다는 것이다.

그 이유는 우리 여권에 찍힌 미국의 비자가 만료(2001년 6월 31일) 되었기 때문에 LA에 도착하자마자 서울로 출항할 수 있는 비행기가 예약되어야만 가능하다는 것이다.

미국 비자가 없을 땐 예약 비행기가 연결되지 않으면 LA공항에서 대기할 수 없다는 것이다.

1년 기간으로 미국에 방문 교수로 올 때, 버클리에서 7월부터 시작되는 연구실 개조 공사 때문에 8월부터 다음 해 6월말까지 버클리에 있을 수 있다고 하더니 미국 비자가 6월말로 찍힌 것이다.

연구실은 쓸 수 없더라도 조금 여유 있게 비자 기간을 주었으면 좋았을 것을…….

그럼 내일 미국 대사관에 가서 비자를 받아 오겠다고 했더니 이곳에서 미국 비자를 받으려면 3개월도 넘게 걸린단다.

너희들 잘못으로 이렇게 되었으니 숙박 등 보상을 하라고 했더니 비행기 결항이 천재지변 때문이라며 해줄 수 없다고 한다. 다만 인천 공항에서 부산 가는 표가 바로 연결되지 않으니 인천 공항의 호텔에서 하루 밤 잘 수 있는 숙박권(Voucher)을 주겠다고 한다.

결국 하루 밤을 공항에서 식사도 제대로 못하고 잠도 못 자며 싸운 결과가 결국 멕시코시티에서 멕시카나 비행기를 타고 샌프란시스코로 가서 싱가포르 항공을 타고 인천으로, 그리고 인천에서 부산으로 가는 아시아나 비행기 표와 하루 밤 숙박권이었다.

더 싸워 봐야 아무런 소득이 없고 빨리 호텔에 가서 잠이나 자는 것이 낫겠다 싶어 공항을 빠져 나와 택시를 타고 다시 이자벨 호텔로 갔다.

멕시코 사람들이 참으로 순박하고, 친절하고, 낭만적이어서 비록 얼렁뚱땅하고 사람을 잘 속이기도 하지만 매우 친근감을 느꼈는데, 오늘 공항에서 겪은 일을 생각하면 치가 떨린다.

자기 나라인 멕시코에 대해 대국으로서의 자부심을 가지는 것은 좋으나 외국 손님을 대하는 태도가 영 무시하는 듯한 태도여서 기분이 여간 좋질 않다.

우리나라보다 경제적으로는 잘 못살지만, 이들은 자기들 나라에 대한 자부심--"우리나라는 큰 나라(大國)인데"라는 자부심이 매우 강하다.

특히 엘리트 계층에서 그러하다.

따라서 이들이 외국인을 대하는 태도에는 겉으로는 그렇지 않아도 속으로는 무시하는 듯한 감정을 숨기고 있다.

이러한 감정은 이번 공항 사건에서처럼 가끔 밖으로 드러나기도 한다.

또한 엘리트나 일반 서민이나 미국에 대해서는 부러움과 함께 적개심도 숨기도 있다.

아마 역사적으로 미국의 침략을 받아 땅을 많이 빼앗겨서 그럴 것이다.

서양인에게도 그럴까?

멕시코시티 / 차풀테펙

위대한 대한민국을 이들이 잘 모르고 있어서 그런 것은 아닐까?

저들의 괜히 깔보는 듯한 태도를 통해서 "뭐, '이런 형편없는 나라'가 대한(大韓) 사람을 우습게보네."라는 감정만 생긴다.

그래서 내린 결론이 "다시는 멕시코 비행기를 타지 않으리라!"였다.

멕시카나(Mexicana)나 에어로 멕시코(Aero-Mexico)나 마찬가지다.

미국에서 멕시코시티로 올 때 처음 예약했던 에어로 멕시코의 스케줄이 변동되어 비행기가 안 뜨는 바람에 에어로 멕시코에 대한 신뢰감이 사라져 버렸는데, 이번에는 멕시카나에서 손님 대하는 태도에 대한 무지무지한 실망(?) 때문에 "가능하면 멕시코 비행기는 절대 타지 마시라!"고 권하고 싶다.

그렇지만 그렇다고 멕시코의 어마어마한 문화 유적들을, 그리고 저들의 정열적인 노래와 춤을 포기한다면, 그것은 참으로 애석한 일이다.

곁들여, 저들과 함께 마시는 데킬라 한 잔의 낭만 역시!

이것만큼은 멕시코 비행기의 불친절이나 불신감을 훌쩍 뛰어 넘을 만한 가치가 있는 것이 아닌가!

모순은 현실이고, 현실은 갈등이니까, 그러한 갈등 속에서 선택을 해나가는 것이 우리의 삶인 것이다.

49. 마요르 박물관을 공짜로 보다.

2001년 7월 31일(화)

비행기가 못 뜨는 바람에 멕시코시티에서 사흘을 더 묵어야 하는 신세가 되었으나, "옳거니 이것이 오히려 전화위복일지 모르겠다."

그야말로 비를 내려 비행기를 못 뜨게 했으니 이것이야말로 진정 하늘의 뜻이 아니고 무엇이랴!

하늘의 뜻을 그대로 받들어 이런 기회를 잘 이용해야 하지 않을까?

아마도 멕시코를 못 잊어 하는 마음을 하늘이 알고서, 아니면 더 볼 것이 있는데 그냥 가려 하니까 비를 내리신 건 아닐까?

긍정적인 마음으로 현실을 받아들이자.

순천자는 흥하고 역천자는 망한다는데, 감히 하늘의 뜻을 거역할까? 나는 기꺼이 하늘의 뜻을 받든다.

마요르 박물관: 마요르 신전 모형

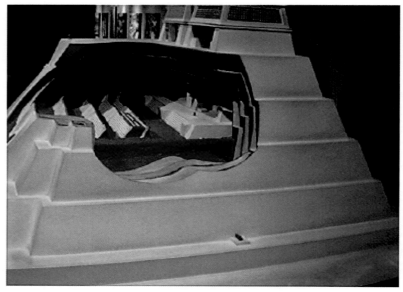

마요르 신전 내부 모형

　조금은 무례했던 멕시카나 직원들의 잘못은 내가 잘못한 것이 아니니까 잊어버리고!

　평소 너그럽지 못했던 나에게 너그러움을 베풀 수 있는 기회를 준 하느님께 감사하자.

　금상첨화라고 이 기회에 못 보고 그냥 갈 뻔했던 마요르 사원의 박물관을 볼 수 있는 기회도 생겼으니, 이 또한 감사할 일이다.

　그래서 마요르 사원으로 간다.

　마요르 사원 역시 거대한 피라미드가 있었으나 지금은 다 파괴된 채 그 자리에는 시 성당이 들어서 있고, 사원의 한쪽 편에 사원의 잔재가 남아 있을 뿐이다.

49. 마요르 박물관을 공짜로 보다.

그리고 그러한 것들을 모아 미요르 박물관이 서 있다.

멕시코의 박물관이나 미술관은 학교 선생에게는 무료라는 말을 프랭크에게서 들은 적이 있었지만 지금까지 한 번도 무료로 들어가 본 적이 없었지만--늘 기억력이 문제다--오늘은 한 번 공짜로 들어가 보아야겠다 싶어 한국에서 나올 때 비상사태에 대비해 준비해 둔 영문 재직 증명서를 챙겼다.

버클리에서 만들어 준 교환교수 신분증이 있었으면 좋겠으나 그것은 지난 번 오아하카에서 수첩과 함께 잃어 버렸으니 할 수 없이 한국에서 가져 온 영문 재직 증명서를 꺼내어 뒷주머니에 넣었다.

마요르 사원 박물관 매표소에서 물어보니 프랭크 말대로 선생은 공

마요르 사원의 뱀 조각

짜란다.

재직 증명서를 내보이니 여권을 보자고 한다. 재직 증명서에 사진이 없으니 본인임을 확인해야 한다는 것이다.

여권을 보여 준다. 여권 이름과 재직 증명서에 적힌 이름을 보고 여권 사진과 내 얼굴을 보더니, 무사 패스!

얼마 안 되는 돈이지만 은근히 기분이 좋다.

역시 멕시코의 문화 예술 정책만큼은 선진국이구나.

진작 외화를 절약할 걸! 꼭 여행을 다 마칠 때가 되어서야 이런 좋은 것을 실험하다니!

학교에 적을 두신 선생님들은 멕시코에 여행하실 때 반드시 영문 재직 증명서를 챙기셔야 할 것이다. 그래야 공짜로 멕시코의 선진적인 문화 예술 정책을 만끽하실 수 있으니까.

허긴 우리나라에서도 박물관이나 문화재 관람에는 선생님들에게 무료라고 알고 있었으나, 소용이 없었던 적이 있다.

외국에서 온 교수들을 모시고 불국사에 들어갈 때 신분증을 제시하고 물어보았더니 매표소 직원이 "나는 그런 거 모른다."며 돈을 내라하기에 돈을 낸 적이 있다.

"법은 멀고 주먹은 가깝다."고, 매표소 직원이 "나는 그런 거 모른다. 돈 내리!" 그러면 할 수 없는 것이다.

그 이후에는 실랑이하기 싫어 아예 묻지 않고 돈을 낸다.

내가 잘못 안 것인지 매표소의 직원이 잘못 안 것인지는 모르겠다.

만약 매표소 직원이 잘못 안 거라면, 전국의 박물관, 문화재 관람료를 받는 직원들에게 철저히 교육시켜주었으면 좋겠다. 그래야 선진국이

49. 마요르 박물관을 공짜로 보다.

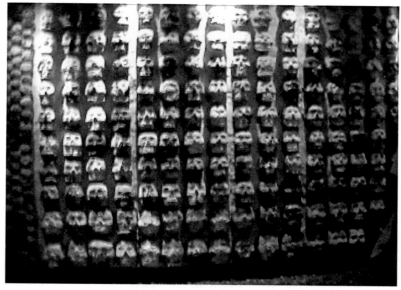

마요르 박물관의 벽에 걸린 해골들

된다.

만약 내가 잘못 알고 있었던 거라면, 하루빨리 멕시코를 배워야 할 것이다.

마요르 박물관에 들어가니 우선 눈에 뜨이는 것이 해골들이다. 벽에 해골들을 수백 개 걸어 놓은 것인데…….

아마도 마요르 사원 공동묘지에 묻혀 있던 시신들을 모아서 이렇게 걸어 진열해 놓은 것이리라.

동이족의 사상에는 시신도 사람인지라 존중하고 땅에 고이 묻어 두어야 하는 건데, 이렇게 해골들을 전시해 놓은 것은 못된 서양 문물의 영향일 것이다.

멕시코시티 / 차풀테펙

마요르 박물관: 돌 새

새 사람(鳥人)

못된 것은 배우지 말아야 하는데……

그리고 역시 눈에 뜨이는 것은 우리 민족과의 연관성을 상상케 해 주는 새와 상투이다.

마야 인디언들이 새를 토템으로 했는가?

새 조각과 새 머리를 한 인간상이 눈길을 끌며, 상투를 튼 것으로 보이는 그림 및 돌과 흙으로 만든 인형들이 눈에 들어온다.

차풀테펙의 인류학 박물관에서도 이미 이와 비슷한

49. 마요르 박물관을 공짜로 보다.

것을 보기는 했지만, 마야 문명을 창조한 마야 인들이 우리 민족과 아주 가까운 혈연관계를 가지고 있을 것임을 다시 한 번 이곳에서 확인시켜 주는 것이다.

역시 마야 인들은 분명 시베리아에서 북극을 거쳐 들어온 사람들일 것이다.

50. 샌프란시스코에서 귀빈 대접(?)을 받다.

2001년 8월 2일(목)

멕시코시티에서 결국 사흘을 머문 후 샌프란시스코 행 비행기를 타는데, 공항에서 여권과 샌프란시스코에서 서울로 연결되는 비행기 표 등을 봉투에 넣은 뒤 스튜어디스에게 맡긴다.

왜 그러는지 물어보니, 그 이유는 말하지 않은 채 샌프란시스코에서 돌려줄 것이라고만 한다.

여권을 가지고 있지 않으니 조금은 불안하지만, 어찌 됐든 이제 한국에 갈 테니까!

비행기가 샌프란시스코에 도착하자, 미국 이민국 관리가 나와 있다가 스튜어디스로부터 우리의 서류 봉투를 받는다.

그러더니 우리 짐을 하나 끌고 가면서 우리에게 따라 오란다.

사람 좋아 보이는 이민국 관리를 따라 공항의 검색대 등을 그냥 통과하고--다른 사람들은 줄을 서서 기다리는데--사무실로 들어가더니 입국 수속을 밟아준다.

공항 안에서 밖으로 나와 싱가포르 항공 매표소로 안내해 주는데 싱가포르 항공에서는 예약 명단에 없다는 것이다.

멕시카나에서는 분명 싱가포르 항공에 예약을 하고 보내 준 것일 텐데 예약되지 않았다는 것이다.

그래서 어찌해야 되는가 물어보니, 친절하게도 대기하고 있으란다. 대기 승객 명단에 넣어 놓고, 내가 타야 하는 비행기 표를 가능하면 구해 주겠다는 것이다.

기다리는 동안 이민국 관리에게 멕시카나에 가서 인천에서의 호텔 숙박권을 얻어오겠다고 했더니 역시 동행해야 한다고 한다.

이민국 관리가 이렇게 동행하는 이유는 우리의 밀입국을 감시하는 것이 그의 임무이기 때문인 것이다.

멕시카나에 가서 OOO를 찾으면 숙박권을 줄 것이라는 말을 듣고 OOO를 찾으니 지금 자리에 없단다.

시간은 없는데 어찌하나?

매니저를 불러 자초지종을 설명하고 숙박권을 요구했더니 노란 종이 쪽지 하나를 준다.

급히 받아 넣고 다시 싱가포르 항공 매표소로 왔더니 다행히 싱가포르 항공에서 비행기 표를 마련해 주었다.

이민국 관리에게 "만약 대기표가 없었다면 당신은 퇴근도 못했을 것"이라고 농담을 했더니, 웃으면서 자기는 퇴근 시간이 되면 다른 이민국 관리에게 우리를 인계해주고 칼같이 퇴근하면 된단다.

어차피 대기표로 비행기를 탈 거면 사흘 전에 보내 줬어도 될 텐데….

싱가포르 항공이 잘못인지 멕시카나가 잘못인지는 모르겠으나 여하튼 멕시칸들의 얼렁뚱땅은 알아주어야 한다.

싱가포르 항공 게이트 앞에서 이민국 관리가 한눈파는 사이에 주내가 화장실엘 갔는데, 이민국 관리가 주위를 훑어보더니 당황해서 주내가 어디 갔냐고 묻는다.

놀려줄까 하다가 너무나 진지한 모습이기에 화장실에 갔다고 했는데도 영 좌불안석이다.

멕시코시티 / 차풀테펙

귀국

잠시 후 주내가 나타나니 그 제서야 안심하는 모습을 보인다.

미국에서 모셔 가도 안 갈 터인데, 이게 무슨?

결국 싱가포르 비행기 속으로 들어가는 것을 보고서는 "바이, 바이" 인사를 하며 이민국 관리와 헤어졌다.

주내에게 그 동안 우리가 밀입국 혐의자 취급을 받았다고 이야기를 해 주었더니, 주내 왈,

"나는 참 친절하기도 하다 했지. 우리 가방을 들어주고, 수속도 다 밟아주고, 항공사 창구 앞에까지 졸졸 따라와 친절하게 미소를 보이며 비행기 탈 때까지 에스코트하다가 웃으면서 인사도 깍듯이 하고. 그래서 그런 줄도 모르고 왜 우리가 이렇게 갑자기 귀빈 대접을 받는지 모르겠

50. 센프란시스코에서 귀빈 대접(?)을 받다.

다 생각했지."

준범죄인(?) 취급을 받았는데도 그것을 귀빈 대접으로 착각하였다는 것이다.

이런 착각은 좋은 착각이다.

우여곡절 끝에 비행기는 늦은 저녁에 인천 공항에 도착하였는데, 숙박권을 보니까 호텔 이름도 안 적혀 있다.

공항 밖에 나와 아시아나 항공에 가서 물어보니--내일 아침 아시아나로 연결되니까 물어볼 데라고는 그래도 아시아나 밖에 없다.--호텔이라고는 공항 안에 하나 있는데 공항 밖으로 나와서 들어갈 수가 없단다.

샌프란시스코 공항에서 시간이 없다보니 확인을 하지 않은 것이 잘못이라면 잘못이었다.

그렇지만 설사 물어보았더라도 그 놈들이 제대로 대답해 주었을 리가 만무하다는 생각이 든다. 워낙 얼렁뚱땅하는 사람들이니까!

쓴웃음을 지을 수밖에 없다.

"그 놈들, 허 참!"

할 수 없이 택시를 타고 김포 쪽으로 나가서 자고 부산으로 갈 수밖에 없다.

그러면 내일 아침에 김포에서 부산 가는 비행기를 타면 되지 굳이 인천 공항까지 다시 올 필요가 없는 것이다.

아시아나 사무실에서 인천 발 부산 행 표를 취소하고 김포 발 부산 행 표로 바꾸었다.

그리고 택시를 타고 서울로 입성했다.

그래서 추억 어린 우리의 여행은 끝났다.

멕시코시티 / 차풀테펙

후기

그 당시에는 무척 화가 나서 멕시카나의 무례함을 영문으로 인터넷에 꼬치꼬치 실감 있게 올려놓아 전 세계인들로 하여금 멕시카나를 규탄(?)하도록 만들려고 했는데, 돌아오자마자 눈코 뜰 새 없이 바빠--왜 한국에만 오면 그렇게 바빠지는지 참으로 불가사의한 일이다--결국 1년이 지난 지금 이 부분을 정리하다 보니 자세한 내용은 대부분 잊어버리고 감정도 많이 사그라졌으며, 그러한 경험이 추억의 웃음 속에 파묻혀 또다시 그리워지니 한편으로는 그러한 경험도 소중하다 싶다.

(멕시코 여행기 끝--페루 여행기로 이어짐).

50. 센프란시스코에서 귀빈 대접(?)을 받다.

참고: 멕시코 기행 계획표

*이탤릭체*는 계획/ 나눔고딕체는 시행된 일정

날자	본곳	숙소	비용 (US $)
6/30-7/19	Oakland --> Mexico City --> Cordoba		
6/30 (토)	오클랜드 공항 6:06 am --> 8:01 am 퓌닉스 8:56 am --> 2:11 pm 멕시코시티 공항 2:30 --(택시 $8)--> 2:45 pm 타포 버스터미널 5:30 pm --(버스 $40)--> 10:30 pm 꼬르도바 --(프랭크 차) --> 11:00 pm LasMagnolias(프랭크 집) 주소: Frank and Anna Las Quintas s/n Cordoba, Veracruz 94500 Mexico	Bungalow at Las Magnolias 전) 71-64908	여비: 475.74 교통: 48.00
7/1 (일)	오전: 꼬르도바 시내 관광: 공원, 성당, 시청; 환전(5,000페소)	Chalet at Las Magnolias 전) 71-64908	숙박: 500.00 식비: 200.00 교통: 20.00
7/2 (월)	집 8:00 am --> 10:30 am 출룰라 피라밋; 공원; 성당 4:00 pm --> 7:00 pm 집		
7/7 (토)	집 8:30 am --> 10:00 am 정글 탐험: 분화구(프랭크, 안나, 우리) 12:00 pm --> 1:30 pm 집		

7/9 (월)	집 8:30 am --> 9:40 am 코스코의 장날 (프랭크, 우리) 12:00 pm --> 1:00 am 집		
7/11 (수)	집 10:30 am --> 10:50 am 꼬르도바 박물관, 성당(우리) 1:00 pm --> 1:20 pm 집		
7/12 (목)	집 8:50 am --> 9:30 am 팔미야스 피라밋 10:40 am --> 11:40 am 베라크루츠 해변가 12:00 pm --> 베라크루츠 시내: 공원, 성당; 환전 2,000페소 --> 1:00 pm 해변가 쇼핑 몰 음식점 2:00 pm --> 차 고장 6:00 pm 집		
7/15 (일)	집 6:30 am --> 6:45 am 꼬르도바 버스 터미널 7:10 am --> 8:45 am 베라크루츠 버스 터미널 9:15 am --> 1:00 pm 파판틀라 버스 터미널: 꼬르도바 행 표 삼 2:00 pm --> 2:15 pm 타힌 유적지(택시: 70페소) --> 점심, 피라밋, 박물관, 민속춤 관광(장대 위에서 날며 내려오는 춤) 4:30 pm --테레사 가족(라울, 다니엘, 데이빗) 차를 얻어 타고--> 5:00 pm 토토나카판 호텔; 샤워 7:20pm 공원에서의 공연, 성당 벽의 부조, 음식점 8:30 pm 성당(테레사 가족 만남) 9:00 pm --> 호텔	Totonacapan Hotel 전) 784) 2-1218	숙박: 30.00 식비: 40.00 교통: 20.00
7/16 (월)	파판틀라 12:15 pm --> 4:15 pm 베라크루츠 (저녁: Caldo de Camaron and	Chalet at Las Magnolias	

	Hamburgesa) 5:30 pm --> 7:00 pm 꼬르도 바: 오아하카 행 표 삼 --> 8:00 pm 집		
7/20 (금)	2:00pm 점심(안나,프랭크) --> 10:30 pm 버스 터미널(프랭크 차) --> 0:55 am 까지 기 다림.	전) 71-64908	
7/21 (토)	*꼬르도바 버스터미널 0:55 am --(버스 282* *페소)--> 6:00 am 오아하카* * 유적지 안 간 곳: Las Mesas(Albarado), Zempoala, / Quahuztlan(Veracruz 북쪽, Jalapa 동쪽)	교통 32.00	
7/21- *7/31*	*Cordoba --> Oaxaca*		
7/21 (토)	여관(380페소/day) --> Mercado Benito Juarez(플라자 남) Plaza Principal(Zocalo) Palacio de Gobiero(Govt Palace 남) Cathedral(북),	Hotel Posada del Centro at Oaxaca	
7/22 (일)	오전: De Monte Alban(남서 9km: 8-5): Great Plaza, Temple of the Dancers, Tombs 104, 105, 7 (피라밋) + Arrazola(Craft Village) 오후 Centro Cultural Santo Domingo(북; 화-일,무료) + Iglessia De Santo Domingo (밤!)	**주소: Av.** **Independenci** **a** **# 403** **Oaxaca,** **Oax., Mexico** **CP. 68000** 전화번호 0 11 52 (9) 516-1874	숙박: 150.00 식비: 100.00
7/23 (월)	오아하카의 축제 구경, 밤: Plaza Principal: gazebo, 분수,길, 다양		

	한 사람들(인디언 복장 등, 길거리 악사들, 행상)		
7/24 (화)	Hierve el Agua + Mitla(남동 42km: 화-일, 무료): Hall of Columns (피라밋) + Tule 의 세계에서 제일 큰 나무		
7/25 (수)	Basilica de La Soleded(플라자 서 5블록) Oaxaca --> Mexico City(492페소) *못 간곳: - Museo Rufino Tamayo De Arte Prehispanico(10-2, 4-7) - 아트좀바 빌리지(시장이 섬: 남동 3km) - Zaachila(남서 18km),		교통: 55.00
7/25-7/31	**Oaxaca --> Mexico City**		
7/25 (수)	Mexico City (TAPO) --taxi(25peso)--> Hotel Isabel(190/day) --> 저녁 220peso(card)	Hotel Isabe at La Catolica No. 63 301호실 전화 518-12-13	숙박: 132.00
7/26 (목)	조칼로 광장: Catedral Metropolitan: 성가대(20페소) Chapel of the Kings + Centro Historico de Mexico Centro Historico de Mexico = Gran Hotel + Palacio Nacional (대통령궁): 2층: Chamber of Deputies, Museo Benito Juarez + Nacional Monte de Piedad(전당포) + Palacio del Ayuntamiento(시청)		식비: 180.00 관광: 150.00 (교통/입장료/비디오 촬영)

7/27 (금)	전철 3peso/2인--〉 Zona Rosa: 한국정(점심: 170peso) + 인터넷 30peso + 길거리의 동상 전철 3peso/2인--〉 Alameda 공원: 벨라스 아르테스 궁전 + 라틴 아메리카 빌딩 꼭대기(아이스크림 15peso) + 중국집 저녁 (60peso)		
7/28 (토)	멕시코 시 남부 택시 관광(폰세부부와 함께 /40$): 혁명기념관, 산관바우 성당 + 호치멜코의 물 위의 정원(Floating Garden) 유람선 (100peso) + 올림픽 경기장 + 멕시코 대학		
7/29 (일)	멕시코 시 북부 택시 관광(60$): 틀라테롤코 유적지 + 과달루페 성당, 시계탑 + Pyramids at Teotihuacan (아침: Caldo de Pollo, 맥주 등 80 peso) 차풀테펙: Museo Nacionale de Antropologia(점심: Hamburgesa 25 음료수 17 peso) + 영빈관(저녁 280 peso)		
7/30 (월)	빨래(35peso), 인터넷		
7/31 (화)	2:00pm 공항 Aero Mexico (18) 5:00 pm --〉 10:40 pm 리마	Savoy Hotel at Lima	교통: 1292.06 식비: 35.00 숙박: 50.00

책 소개

　* 여기 소개하는 책들은 **주문형 도서**(pod: publish on demand)
이므로 시중 서점에는 없습니다. 교보문고나 부크크에 인터넷으로 주
문하시면 4-5일 걸려 배송됩니다.

http//kyobobook.co.kr/ 참조.

http://www.bookk.co.kr/store/newCart 참조.

여행기(칼라판)

〈동남아시아 여행기: 태국 말레이시아〉 우좌! 우좌! 부크크. 2019. 국판
　　칼라 234쪽. 16,200원.

〈인도네시아 기행〉 신(神)들의 나라. 부크크. 2019. 국판(칼라) 132쪽.
　　12,000원.

〈마다가스카르 여행기〉 왜 거꾸로 서 있니? 부크크. 2019. 국판 칼라
　　276쪽. 21,300원.

〈러시아 여행기 1부: 아시아〉 시베리아를 횡단하며. 부크크. 2019. 국판 칼라 296쪽. 24,300원.

〈러시아 여행기 2부: 모스크바 / 쌩 빼쩨르부르그〉 문화와 예술의 향기. 부크크. 2019. 국판 칼라 264쪽. 19,500원.

〈러시아 여행기 3부: 모스크바 / 모스크바 근교〉 동화 속의 아름다움을 꿈꾸며. 부크크. 2019. 국판 칼라 276쪽. 21.300원.

〈유럽 여행기: 동구 겨울 여행〉 집착이 삶의 무게라고. 부크크. 2019. 국판 칼라 300쪽. 24,900원.

〈북유럽 여행기: 스웨덴-노르웨이〉 세계에서 제일 아름다운 곳. 부크크. 2019. 국판 칼라 256쪽. 18,300원.

〈남미 여행기 1: 도미니카 콜롬비아 볼리비아 칠레〉 아름다운 여행. 부크크. 2020. 국판 칼라 266쪽. 19,800원.

〈남미 여행기 2: 아르헨티나 칠레〉 파타고니아와 이과수. 부크크. 2020. 국판 칼라 270쪽. 20,400원.

〈남미 여행기 3: 브라질 스페인 그리스〉 순수와 동심의 세계. 부크크. 2020. 국판 칼라 252쪽. 17,700원.

여행기(흑백판)

〈일본 여행기〉별 거 없다데스!. 교보문고 퍼플. 2019. 국판 320쪽.
　　11,500원

〈중국 여행기 1: 북경, 장가계, 상해, 항주〉크다고 기 죽어? 교보문고
　　퍼플. 2017. 국판 211쪽. 9,000원.

〈중국 여행기 2: 계림, 서안, 화산, 황산, 항주〉신선이 살던 곳. 교보문
　　고 퍼플. 2017. 국판 304쪽. 11,800원.

〈타이완 여행기〉자연이 만든 보물. 교보문고 퍼플. 2018. 국판 294쪽.
　　11,500원.

〈베트남 여행기〉천하의 절경이로구나! 교보문고 퍼플. 2019. 국판 210
　　쪽. 8,600원.

〈태국 여행기: 푸켓, 치앙마이, 치앙라이〉깨달음은 상투의 길이에 비례
　　한다. 교보문고 퍼플. 2018. 국판 202쪽. 10,000원.

〈동남아 여행기 1: 미얀마〉벗으라면 벗겠어요. 교보문고 퍼플. 2018.
　　국판 302쪽. 11,800원.

〈동남아 여행기 2: 태국〉이러다 성불하겠다. 교보문고 퍼플. 2018. 국
판 212쪽. 9,000원.

〈동남아 여행기 3: 라오스, 싱가포르, 조호바루〉도가니와 족발. 교보문
고 퍼플. 2018. 국판 244쪽. 11,300원.

〈중앙아시아 여행기 1: 카자흐스탄, 키르기스스탄〉천산이 품은 그림. 교
보문고 퍼플. 2019. 국판 301쪽. 11,700원.

〈조지아, 아르메니아 여행기 1〉코카사스의 보물을 찾아 1. 교보문고 퍼
플. 2019. 국판 245쪽. 10,100원

〈조지아, 아르메니아 여행기 2〉코카사스의 보물을 찾아 2. 교보문고 퍼
플. 2019. 국판 224쪽. 9,400원.

〈터키 여행기 1〉허망을 일깨우고. 교보문고 퍼플. 2017. 국판 235쪽.
9,700원.

〈터키 여행기 2〉잊혀버린 세월을 찾아서. 교보문고 퍼플. 2017. 국판
254쪽. 10,200원.

〈시리아 요르단 이집트 기행〉사막을 경험하면 낙타 코가 된다. 부크크.
2019. 국판 268쪽. 14,600원.

〈유럽여행기 1: 서부 유럽 편〉 몇 개국 도셨어요? 교보문고 퍼플. 2017.
　　국판 217쪽. 10,400원.

〈유럽여행기 2: 북유럽 편〉 지나가는 것은 무엇이든 추억이 되는 거야
　　교보문고 퍼플. 2017. 국판 213쪽. 9,100원.

〈북유럽 여행기: 스웨덴-노르웨이〉 세계에서 제일 아름다운 곳. 교보문
　　고 퍼플. 2017. 국판 219쪽. 10,300원.

〈동유럽 여행기: 눈꽃 여행〉 집착이 삶의 무게라고. 교보문고 퍼플.
　　2017. 국판 253쪽. 11,600원.

〈포르투갈 스페인 여행기〉 이제는 고생 끝. 하느님께서 짐을 벗겨 주셨
　　노라! 교보문고 퍼플. 2017. 국판 180쪽. 8,100원

〈미국 여행기 1: 샌프란시스코, 라센, 옐로우스톤, 그랜드 캐년, 데스 밸
　　리, 하와이〉 허! 참, 이상한 나라여! 교보문고 퍼플. 2017. 국판
　　303쪽. 11,800원.

〈미국 여행기 2: 캘리포니아, 네바다, 유타, 아리조나, 오레곤, 워싱턴〉
　　보면 볼수록 신기한 나라! 교보문고 퍼플. 2018. 국판 258
　　쪽. 10,400원.

〈미국 여행기 3: 미국 동부, 남부. 중부, 캐나다 오타와 주〉 그리움을 찾아서. 교보문고 퍼플. 2018. 국판 261쪽. 10,500원.

〈멕시코 기행〉 마야를 찾아서. 교보문고 퍼플. 2017. 국판 248쪽. 10,200원.

〈페루 기행〉 잉카를 찾아서. 교보문고 퍼플. 2017. 국판 216쪽. 9,200원.

여행기(전자출판)

〈일본 여행기 1: 대마도, 규슈〉 별 거 없다데스!. 부크크. 2019. 전자출판 2,000원.

〈일본 여행기 2: 오사카 교토, 나라〉 별 거 있다데스!. 부크크. 2019. 전자출판 2,000원.

〈중국 여행기 1: 북경, 장가계, 상해, 항주〉 크다고 기 죽어? 부크크. 2019. 전자출판. 2,000원.

〈중국 여행기 2: 계림, 서안, 화산, 황산, 항주〉 신선이 살던 곳. 부크크. 2019. 전자출판. 2,000원.

〈타이완 일주기〉 자연이 만든 보물 1. 부크크. 2019. 전자출판 2,000원.

〈타이완 일주기〉 자연이 만든 보물 2. 부크크. 2019. 전자출판 1,500원.

〈동남아 여행기 1: 미얀마〉 벗으라면 벗겠어요. 부크크. 2019. 전자출
판. 2,000원.

〈동남아 여행기 2: 태국〉 이러다 성불하겠다. 부크크. 2019. 전자출판.
2,000원.

〈동남아 여행기 3: 라오스, 싱가포르, 조호바루〉 도가니와 족발. 부크크.
2019. 전자출판. 2,000원.

〈동남아 여행기 1: 수코타이, 파타야, 코타키나발루〉 우좌! 우좌! 부크크.
2019. 전자출판. 2,000원.

〈태국 여행기: 푸켓, 치앙마이, 치앙라이〉 깨달음은 상투의 길이에 비례
한다. 부크크. 2019. 전자출판. 2,000원.

〈인도네시아 기행〉 신(神)들의 나라. 부크크. 2019. 전자출판. 2,000원.

〈중앙아시아 여행기 1: 카자흐스탄, 키르기스스탄〉 천산이 품은 그림 1.
부크크. 2019. 전자출판 2,000원.

〈중앙아시아 여행기 2: 카자흐스탄, 키르기스스탄〉 천산이 품은 그림 2. 부크크. 2019. 전자출판 2,000원.

〈조지아, 아르메니아 여행기 1〉 코카사스의 보물을 찾아 1. 부크크. 2019. 전자출판 2,000원.

〈조지아, 아르메니아 여행기 2〉 코카사스의 보물을 찾아 2. 부크크. 2019. 전자출판 2,000원.

〈조지아, 아르메니아 여행기 3〉 코카사스의 보물을 찾아 3. 부크크. 2019. 전자출판 2,000원.

〈러시아 여행기 1부: 아시아 편〉 시베리아를 횡단하며. 부크크. 2019. 전자출판 2,500원.

〈러시아 여행기 2부: 모스크바 / 쌍 뻬쩨르부르그〉 문화와 예술의 향기. 부크크. 2019. 전자출판 2,500원.

〈러시아 여행기 3부: 모스크바 / 모스크바 근교〉 동화 속의 아름다움을 꿈꾸며. 부크크. 2019. 전자출판 2,500원.

〈북유럽 여행기: 스웨덴-노르웨이〉 세계에서 제일 아름다운 곳. 부크크. 2019. 전자출판 2,500원.

〈유럽 여행기: 동구 겨울 여행〉 집착이 삶의 무게라고. 부크크. 2019.
전자출판 3,000원.

〈터키 여행기 1〉 허망을 일깨우고. 부크크. 2019. 전자출판 2,500원.

〈터키 여행기 2〉 잊혀버린 세월을 찾아서. 부크크. 2019. 전자출판
2,500원.

〈시리아 요르단 이집트 기행〉 사막을 경험하면 낙타 코가 된다. 부크크..
2019. 전자출판 2,500원.

〈마다가스카르 여행기〉 왜 거꾸로 서 있니? 부크크. 2019. 전자출판.
2,500원.

〈미국 여행기 1: 샌프란시스코, 라센, 옐로우스톤, 그랜드 캐년, 데스 밸
리, 하와이〉 허! 참, 이상한 나라여! 부크크. 2020. 전자출판. 3,000
원.

〈미국 여행기 2: 캘리포니아, 네바다, 유타, 아리조나, 오레곤, 워싱턴〉
보면 볼수록 신기한 나라! 부크크. 2020. 전자출판. 2,500원.

〈미국 여행기 3: 미국 동부, 남부. 중부, 캐나다 오타와 주〉 그리움을 찾
아서. 부크크. 2020. 전자출판. 2,500원.

우리말 관련 사전 및 에세이

〈우리 뿌리말 사전: 말과 뜻의 가지치기〉. 개정판. 교보문고 퍼플. 2016.
　　국배판 729쪽. 49,900원.

〈우리말의 뿌리를 찾아서 1〉 코리아는 호랑이의 나라. 교보문고 퍼플.
　　2016. 국판 240쪽. 11,400원.

〈우리말의 뿌리를 찾아서 1〉 코리아는 호랑이의 나라. e퍼플. 2019.
　　전자출판 247쪽. 4,000원.

〈우리말의 뿌리를 찾아서 2〉 아내는 해와 같이 높은 사람. 교보문고 퍼
　　플. 2016. 국판 234쪽. 11,100원.

〈우리말의 뿌리를 찾아서 3〉 안데스에도 가락국이……. 교보문고 퍼플.
　　2017. 국판 239쪽. 11,400원.

수필: 삶의 지혜 시리즈

〈삶의 지혜 1〉 근원(根源): 앎과 삶을 위한 에세이. 교보문고 퍼플. 2017. 국판 249쪽. 10,100원.

〈삶의 지혜 2〉 아름다운 세상, 추한 세상 어느 세상에 살고 싶은가요? 교보문고 퍼플. 2017. 국판 251쪽. 10,100원.

〈삶의 지혜 3〉 정치와 정책. 교보문고. 퍼플. 2018. 국판 296쪽. 11,500 원.

〈삶의 지혜 4〉 미국의 문화, 교보문고 퍼플. 근간.

지은이 소개

- 송근원

- 대전 출생

- 여행을 좋아하며 우리말과 우리 민속에 남다른 애정을 가지고 있음.

- e-mail: gwsong51@gmail.com

- 저서: 세계 각국의 여행기와 수필 및 전문서적이 있음